A LÂMINA QUE FERE CHRONOS

IVAN HEGEN

A LÂMINA
QUE FERE
CHRONOS

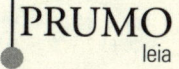

Este livro foi selecionado pelo Programa Petrobras Cultural

Copyright © 2013 Ivan Hegen

Todos os direitos reservados. Nenhuma parte desta obra pode ser reproduzida ou transmitida por qualquer forma ou meio eletrônico ou mecânico, inclusive fotocópia, gravação ou sistema de armazenagem e recuperação de informação, sem a permissão escrita do editor.

Direção editorial
Jiro Takahashi

Editora
Luciana Paixão

Editora assistente
Anna Buarque

Revisão
Rosamaria G. Affonso
Dida Bessana

Capa e projeto gráfico
Henrique Theo Möller

Produção de arte
Marcos Gubiotti

CIP-Brasil. Catalogação na fonte
Sindicato Nacional dos Editores de Livros, RJ

H363L   Hegen, Ivan
           A lâmina que fere Chronos / Ivan Hegen. - São Paulo: Prumo, 2013.
           240 p.: 21 cm

           ISBN 978-85-7927-277-6

           1. Romance brasileiro. I. Título.

13-2101.   CDD: 869.93
                                                                                 CDU: 821.134.3(81)-3

Direitos de edição: Editora Prumo Ltda.
Rua Júlio Diniz, 56 – 5º andar – São Paulo – SP – CEP: 04547-090
Tel.: (11) 3729-0244 – Fax: (11) 3045-4100
E-mail: contato@editoraprumo.com.br
Site: www.editoraprumo.com.br
facebook.com/editoraprumo | @editoraprumo

ÍNDICE

Biblos	7
Menino que faz os sonhos	21
A filha do poeta	25
Emaranhamento	31
História em três dimensões	33
Excursão	65
Reabilitação	73
Vladja	79
Esquizoide	95
Terroristas poéticos	105
Abandonado	127
Princípio da incerteza	131
Zé Preto	133
No blog da Jess	137
Microfonia	145
Projeto para uma exposição de arte que jamais será realizada	155
No meio do céu havia uma pedra	159
3 x 4 do artista quando jovem	197
Dulce Flores	203
Fricção	219
Néctar vermelho	227

BIBLOS

Biblos, biblioteca. Silêncio, por favor. Nada de cortejar as meninas, aqui é um lugar de respeito. Afinal, você veio pra estudar, teu interesse aqui são os fenícios. Que fundaram Biblos, fornecedora de papiro, uma das cidades mais antigas do mundo. Você estava gostando do assunto, então para de olhar pras coxas da menina. Eu sei que a concorrência é injusta, o corpo dela é muito melhor do que a terra dos papiros. Mas você tem prazo, rapaz, você tem mais de vinte mil caracteres pra entregar até segunda-feira. A intimidade que interessa agora é com os fenícios, compreendê-los como se fosse um deles, como se fossem teus primos. E são mesmo teus primos, esse teu narigão judeu não engana ninguém, você é do tipo semítico, como nossos colegas aqui. O narigão, meu amigo, não é pra chegar no cangote dela e aspirar o perfume — ah, eu estou ficando doido —, não é pra afundar nos cabelos dela, que parecem tão macios. É pra enfiar no meio desse livro. Mas não é justo... Por que ela tem que vir com uma saia curta dessas e deixar as pernas à vista? E a blusinha com os ombros de fora? De quando em quando a alça desliza pra baixo e ela, bem suave, puxa de volta pra cima. Como é que eu posso me concentrar no trabalho, diante de uma cena dessas? Acho que vou ligar pro meu editor e pedir pra estender o prazo, só mais um dia. Meu chefe não passa de um mulherengo safado, ele vai ser compreensivo. Se eu pegar o celular e tirar uma foto dessa beleza, se eu mostrar pra ele a gravidade da situação, ele vai entender as prioridades. Ah, eu estou perdendo o controle. Não é permitido nem deixar o celular ligado, quanto mais registrar as coxas alheias.

Que livro será que ela está lendo? Daqui não dá pra ver. Mal consigo ver o rosto dela. Não vejo mais que um quarto do rosto dela. A orelha bem feitinha, com um brinco discreto de brilhante, os cabelos amarrados em coque, só pra ofertarem a nuca. Que vontade de cravar os dentes nessa nuca, arrepiar todos os pelinhos dela... A Fenícia está longe, não existe mais, o que persiste é esse corpo fantástico na minha frente e o meu sangue quente dilatando as veias. Com todo o respeito aos inventores do alfabeto, com toda a admiração pelos aventureiros que singravam mares de norte a sul, que acariciavam a curva do globo terrestre, eu tenho minhas próprias expedições a fazer. Mas como? Mesmo que eu não me feche em Biblos, ainda estou na biblioteca. Não posso agir como se aqui fosse um boteco, puxar conversa à toa. Ela parece concentrada, também deve ter suas tarefas. Nunca vi mulher tão sensual numa sala de leitura. Ela parece mesmo inteligente, isso a torna ainda mais fascinante. Ela parece ter cabeça, ao contrário das meninas bobinhas que encontro pelos bares. Talvez dê pra conversar com ela sobre história, literatura, filosofia. O corpo fala, mas também a mente precisa de trocas, precisa de paixão.

Ah, ela está virando o rosto! Pena que tão rápido. Ela vira por dois segundos, anota alguma coisa no caderno, depois vira de volta. Eu queria olhar o rosto inteiro, não só o perfil.

Dá pra ver o nariz dela. Já digo que não é judia, tem um nariz delicado. Ah, os lábios! Pequeninos mas carnudos, voluptuosos. Eu queria poder ver os olhos de perto, ainda não tive a chance. Só de relance, na hora em que cheguei. Peguei o livro sobre os fenícios na estante e fui pra sala de leitura. Foi como se alguma coisa tivesse disparado em mim, assim que notei a garota. Tão compenetrada e tão sexy. Eu caminhava silencioso, como pede o aviso na porta, mas ela olhou pra mim, eu reparei. Olhei pra ela com tanta excitação que deve ter sentido cócegas. Ela sentiu minha presença, minha palpitação, quis conferir de onde vinha. E eu posso estar delirando, pode não passar de uma fantasia minha, mas acho que ela gostou do que viu. Apesar do narigão semítico, apesar das roupas desleixadas e do cabelo desgrenhado, ela me notou. Em um milésimo de segundo, apenas com os olhos, comunicamos algo que nenhum livro dos milhares dessas prateleiras jamais conseguiu transpor em palavras. Nem os livros de química, nem os de biologia, nem poeta algum de qualquer tempo pôde representar a faísca invisível que inflama um homem e uma mulher.

Mas que fazer com esse fogo? Vamos dizer que ela tenha mesmo gostado de mim, vamos dizer que ela revire devagarzinho o pescoço justamente pra me provocar — ah, meu deus! — e que a essa altura ela queira saber de mim. Vamos dizer que ela esteja mais interessada em mim do que no prazo do professor ou do chefe. E então? Mesmo que ela esteja receptiva, preciso pensar em uma estratégia, não dá pra puxar uma cadeira e pedir um chope. Aqui é uma biblioteca. Se fosse Biblos, talvez fosse mais fácil. Se ela cultuasse Aschera... Pouca gente sabe, quem levou Afrodite para os gregos foram os fenícios. Aliás, acho que vai ser este o foco do meu artigo, posso gastar vinte mil caracteres ou até mais somente nisso.

Defendendo que a maior contribuição dos fenícios não foi o alfabeto, mas a introdução de Afrodite no Panteão. Meus primos semitas incentivaram a libidinagem dos pagãos e vocês vão me falar em alfabeto? Mais cedo ou mais tarde alguém chegaria ao alfabeto fonético, os próprios gregos estavam caminhando nessa direção. Mas a deusa do amor, não, isso eles ainda não tinham, eles receberam dos fenícios. Em Biblos, os gregos depararam com a defloração de virgens nos templos, com a sacralização do sexo, com a entrega dos corpos numa perfeita harmonia da natureza com a cultura. É claro que os gregos souberam apreciar o que viram, e logo adotaram a deusa que tanto os inspiraria. Em nome dela celebraram grandes festivais com banhos no mar, poesia, vinho, e, como não podia deixar de faltar, as orgias. Pensando nisso é que eu não tenho lá tanto orgulho de ter feito Bar Mitzvah, ou da minha circuncisão. Moisés fez questão de nos legar um deus ciumento e imperioso, só pra esfriar a festa. Ele não podia deixar o monoteísmo morrer com Akhenaton, podia? Não, ele teve que levar adiante o delírio de um faraó, cruzar o deserto e o mar Vermelho pra que um punhado de escravos acreditasse que deus exige do povo eleito centenas de regras bem marcadas. Eleito ou não, esse povo prospera, se multiplica, resiste às mais diversas intempéries, mas nunca dá a devida atenção ao que acontece bem pertinho de Israel, ali no Líbano, em Biblos. Se os gregos perceberam o quanto era bom, por que não os hebreus, tão próximos na geografia e no sangue? Será que essa conversa cola com a *shikse*? Ela parece gostar de sexo, não é das que vão pros livros em busca de sublimação asséptica. A gente pode ter uma conversa sofisticada, em tese estaríamos falando de História, que afinal é o que eu estudo, mas nas entrelinhas Aschera-Afrodite estaria nos abençoando. Ela gosta de sexo, ela me viu e percebeu o quanto eu também gosto. De quando em quando ela ondula os ombros, ela faz isso porque sabe que estou a poucos metros, com a atenção toda nela, e ela sabe o quão calorosos seríamos nós dois juntos.

    Espera aí. *Quão?*... Uma pessoa que usa a palavra *quão* não tem chance com mulheres bonitas, nem essa aí nem nenhuma outra. Não importa se ela faz mestrado, nenhuma mulher pode ouvir *quão* sem segurar a vontade de rir. Será que eu não estava confiante demais? E se ela quiser só me provocar, só me deixar louco de tesão e arruinar meu trabalho? Talvez ela tenha sentido que eu me perturbo com qualquer meneio no pescoço, deve estar se divertindo muito com as tantalizações. Ah, senhor, parece até que ela lê meus pensamentos! Levantou pra ir ao banheiro, tudo bem, é direito de qualquer um, mas exibir uma bunda perfeita como essa no caminho deveria ser contra o regulamento. De que adianta um cartaz pedindo silêncio se uma bunda dessas é mais escandalosa do que um estéreo ligado no último volume? Que mulher incrível!

    Agora que ela está longe... e se eu der uma espiada no livro que ela está lendo? Discretamente? Ou seria agir como um tarado, um descontrolado? Bem discreto, você levanta e vai ao banheiro, no caminho estica os olhos e vê a capa. Vamos lá, não é perversão, é curiosidade. Ninguém está prestando atenção. Só podia ser. Isso explica tudo. *Amor e erotismo* de Octavio Paz. Não é à toa que ela está transbordando sensualidade. Eu lendo sobre o culto a Aschera, ela lendo a dupla chama, ainda vamos causar um incêndio. É melhor eu jogar um pouco d'água no rosto, estou trêmulo. Agora é que estou perdido, ela se tornou ainda mais atraente do que antes. Abre bem a torneira, respira fundo. Esse barulho lá fora, acho que é chuva. Eu nem tinha reparado antes, mas está caindo uma tempestade. Assim, esfria a cabeça. Vamos, confiança. Tenho que afastar os pensamentos de insegurança, as hesitações que sempre me assolam. Se eu não convenço a mim mesmo, é fracasso garantido, ela também não se convence. Vai que é tua, você é o cara. Esse narigudo aí no espelho, o que acha dele? Tem charme? Espero que tenha o bastante. Pensando bem, até que não sou tão feio. Um tapinha no rosto, pra acordar? Pronto, agora você pode voltar.

E se eu encontrar com ela no corredor, de pé, o que eu falo? Esbarro nela e peço desculpa? Não, isso é ridículo, não é uma estratégia de homem. Pergunto pra ela onde é a seção de poesia? Não seria muito forçado? Mas o que tem de errado comigo que não sou capaz de uma experiência um pouco mais sublime num espaço tão solene quanto uma biblioteca? Logo eu que gosto tanto daquela cena de *Asas do Desejo*, os anjos acompanhando a leitura das pessoas, cada uma rodopiando em seu universo. Por que não me contentar com essa beleza mais elevada? As centenas de cabeças concentradas, resgatando o passado de páginas que venceram o esquecimento, cada leitor aberto para uma temporalidade diferente. Definitivamente, não somos anjos. Nem eu nem ela, eu não saberia chamá-la de anjinha. Ela não está mais de pé, já voltou pra mesa dela e pro Octavio Paz. O rosto dela, quero ver com mais calma. Não posso olhar muito diretamente, não quero parecer um glutão, tem que ser de soslaio. Vamos manter um mínimo de compostura, certo? Fingindo que não vê. Ah, ela é linda, diabolicamente linda. Os olhos um pouquinho rasgados, o rosto com ângulos suaves, o nariz levemente arrebitado. Infernalmente linda.

Ela olhou pra mim! Tenho certeza, ela olhou, está flertando comigo. Eu não estou sozinho nesse jogo, ela está adorando ser vista por mim, ela está adorando ser devorada pelos meus olhos. Mas ainda é cedo pra falar com ela. O olho chamando, mas o corpo precisa esperar. Preciso de um plano. Em primeiro lugar, devo continuar com o livro na mão, devo parecer concentrado mais no estudo do que nela. Ela não pode perceber que tem tanto poder sobre mim, se ela souber disso estou fora de jogo. Eu deveria, de qualquer jeito, ler um pouco mais, aprender com meus ancestrais semitas. Os fenícios, hoje quero ser mais fenício do que hebreu. Os fenícios, que se expandiam por todo o Mediterrâneo, que iam das geleiras do Báltico ao calor da África, que traziam ouro ibérico e vendiam tecidos púrpuros. Que criaram transparência para o vidro, que construíram o primeiro canal de Suez, que venciam batalhas navais contra os gregos. Talvez eu devesse me inspirar mais no Aníbal, ser como ele contra os romanos. A garota, ela parece ter ascendência italiana. As batalhas em pleno curso, como me estabeleço em território romano? Aníbal foi brilhante, só não subjugou os romanos por muito pouco. Ele cruzou a geleira dos Alpes, surpreendendo os adversários. Atacava pelos flancos, e com tanta habilidade que os italianos tiveram que aceitar sua presença. Por anos e anos ele cruzava o país, só não chegou a Roma porque seus aliados falharam. Qual a estratégia? Por ora, devo olhar com um olho só, de esguelha. Como Aníbal, que nem mesmo ao ficar caolho perdeu a ousadia. Ah, ela se levantou, acho que pra jogar um chiclete no cesto. Ou pra me mostrar melhor o corpo, que ela sabe o quanto é bonito. Mas devo ser paciente, esperar o momento certo. Quero redimir Aníbal e conquistar Roma.

    Lá fora, ainda está chovendo. Em pouco tempo, a biblioteca vai fechar. É isso, é minha oportunidade. A biblioteca fecha, a água continua caindo. Ofereço uma carona pra ela. Não como um tarado qualquer, embora talvez eu seja, mas como um cavalheiro que não quer que ela se molhe. A gente tem que se arriscar, talvez funcione. Eu mal percebi que horas são, está quase na hora. A qualquer momento eles vêm nos mandar embora. Eu quero mais é sair daqui, não aguento mais ficar quieto, parado. Não paro de mexer a perna, essa ansiedade acabando comigo. Quando é que vão vir pra nos enxotar?

Ótimo, o bibliotecário. Vem pedir pra recolhermos nossas coisas e dar o fora. Ela se levanta, toda graciosa. Levanto-me também. Não acredito, os cadernos dela, ela está esquecendo sobre a mesa.

— Eu acho que isso aqui é seu, não é?
— Ah, obrigada.
— Não quer ajuda? Você tá com essa pilha enorme de livros.
— Não, pode deixar, eu me viro.

Ela sorriu. Ela não está agindo como romana inatingível, ela está sorrindo.

— Octavio Paz? — finjo só perceber agora — Parece bom, esse livro eu não li.
— É ótimo. Ele fala sobre amor e erotismo desde a Antiguidade até nossos dias.
— Ele fala sobre os fenícios?
— Dos fenícios acho que não. Mas fala muito dos gregos e dos romanos.
— Os fenícios ensinaram mais coisas pros gregos do que você imagina — falo com um orgulho idiota, como se eu fosse um representante daquele povo esquecido. Eu mal penso no que falo, qualquer coisa sobre minha pesquisa enquanto descemos as escadas. Devo estar sendo um pouco idiota, arrogante, ou simplesmente babaca. Ou não? Que surpresa: ela, bonita como uma miss, parece se interessar pela minha conversa. Por que é que são tão poucas as mulheres inteligentes que cuidam da aparência, que mantêm o corpo e que sabem seduzir um homem? Fico bobo quando

encontro uma, é uma raridade. Mal contenho minha satisfação ao notar que ainda está chovendo. Estamos à porta, abro o guarda-chuva e pergunto se ela precisa de carona. É meu dia de sorte, ela aceita.

Dou a partida no carro. Começo a gostar seriamente da Chiara, não sei se eu deveria. Rápido demais, não sei se é bom. E a aliança no dedo, não pude deixar de notar. Não quero perguntar sobre isso, não é bom fazê-la lembrar do noivo. Será que ela vai contar pra ele que pegou carona com um estranho? E será que ela vai pensar nesse estranho da próxima vez que encontrar o noivo? Ela cursa Letras, está preparando um relatório sobre o livro do Paz. Um perigo, uma mulher interessante como ela.
— Você quer dizer então que em vez de Biblos, o Ocidente preferiu a Bíblia? — ela diz, e ainda provoca: — Eu acho que tenho uma cabeça muito bíblica.
E agora? O que ela quer dizer com isso? Não é a conversa mais inocente pra se travar com um desconhecido. Ela quis dizer que tem cabeça "bíblica", é um trocadilho? Sentido cristão ou pagão? Antes que eu consiga perguntar, ela já emenda:
— O Octavio Paz fala que o erotismo é exclusividade humana. Sexo, todos os animais fazem da mesma forma, é sempre igual. O homem, não, a gente reinventa, faz poesia com o corpo.
Estou ficando bobo, não sei o que me acontece. De repente, uma vontade de saber mais de poesia, de ter o talento de um poeta, improvisar versos. Em vez disso, digo apenas:
— Agora, pra onde? Esquerda?

— Não, vai reto, vira depois. Segue a avenida, depois do posto você vira. Então, como eu tava falando, o erotismo não é só instinto, é sede pela alteridade, entende?

Digo que entendo.

— Isso que você falou da Afrodite... A alteridade maior do homem só pode ser com um deus, é a alteridade absoluta. Fazia todo sentido, então, os antigos associarem sexo com devoção.

Preciso muito ler esse livro. Preciso também dizer algo inteligente:

— Concordo com você. Com a exceção da tradição judaico-cristã, que separa corpo e alma. E do platonismo, é claro.

Ela se anima, faiscando os olhos de amêndoa:

— Octavio Paz considera Platão o primeiro filósofo do amor. Foi o primeiro que separou o erotismo da religião. Ele influenciou muito os primeiros cristãos. É por isso que dois mil anos depois as duas coisas continuam separadas.

— Religião e erotismo separados. Nada de rituais orgiásticos, nada de Aschera ou Afrodite. Uma pena, os antigos é que sabiam viver.

— Por um lado, sim, por outro, não. Os gregos não entendiam o que hoje nós chamamos de amor.

— E alguma vez alguém entendeu?

— É verdade, ninguém entende, né?

— Talvez os poetas — meio canastrão, mas foi o que me passou pela cabeça. Tudo bem, não estou indo tão mal. Ela é linda e simpática e ela sorriu:

— Eu quis dizer a alteridade. A cultura grega não via o objeto do desejo com alteridade, com uma atenção genuína para o outro. Podiam ter essa experiência com Afrodite, com uma divindade, mas muito raramente com uma pessoa.

Eu tenho que olhar pra frente pra dirigir. Gostaria de mirar nos olhos dela. Pelo retrovisor, muito rapidamente, vejo apenas um pedaço recortado da testa. O movimento que ela faz com a cabeça é pra baixo e pra esquerda. Ela está olhando pro anel. De repente, sua voz está contida, quase sorumbática:

— Você deve estar me achando uma chata, eu fico com essas conversas de faculdade...

— Que nada, tô aprendendo contigo.

— É, mas...

Ela está sem jeito. Continua olhando pro anel de noivado. Das duas, uma: ou ela está recuando, porque não quer cair em tentação e trair o noivo. Ou ela tem se decepcionado com ele. Espero que seja a segunda. Aliás, dificilmente ela entraria no carro comigo se não fosse a segunda. Ele, um idiota qualquer, um cara que não tem o menor interesse pelas coisas que ela estuda. Ela está tímida, a cabeça baixa.

— Chiara, você ficou quieta de repente...

— Imagina, eu só me perdi, esqueci do que eu tava falando...

— Você disse que os gregos não entendiam o que nós chamamos de amor.

— Ah, é isso!

— E quando é que se começa a perceber o amor do jeito que vemos hoje?

— Por volta do século III antes de Cristo.

Vício de historiador, já associo com o que eu estava estudando. Século III a.C., época das Guerras Púnicas. Época de Aníbal.

— III a.C. Onde, exatamente?

— Na Alexandria... e em Roma.

Paro o carro. Agora é demais, estão mexendo com o sangue do semita aqui. Dessa vez tenho que mudar minha história, é muita provocação, não vou aguentar. Perna na mão, a coxa, lisinha, estremece. Ofegantes, os dois.

Ela me empurra sem muita convicção. Traz o noivado à tona. Percebo uma sombra no seu timbre de voz, em conflito

consigo mesma. Não sabe se quer se casar. Igreja, véu, vestido branco, juramentos no altar. Nada disso combina com ela. Seu medo pelo convencional é maior do que o medo de pegar carona com um estranho. Algo sem volta se irrompeu, um acontecimento em suspensão, esperando para ser colhido.
Eu evito ir direto à boca, insisto pelos flancos, com pegada firme porém cuidadosa. Aspiro o perfume do pescoço, mais doce do que eu pensava. Minha respiração ardente em seus ouvidos, incitando-a a transgredir. Ela resiste, debate, geme. Então os lábios, os lábios que parecem frutas maduras, que eu tanto queria colher. Ela se deixa invadir e dessa vez um fenício chega a Roma. Não sei se em guerra ou em missão de paz.

Eu sempre achei o morango uma fruta mais erótica do que a maçã. Vermelho por fora, carnoso por dentro, o suco tão ácido quanto doce. A árvore do pecado pode ser a macieira, frondosa, de copa larga e carregada, mas, na cama, pouco se pode fazer com uma maçã, ao passo que um morango pode servir muito bem pra quem tem imaginação. Olho pra Chiara, adormecida ao meu lado. Não quero pensar em seu noivo, muito menos que ele costuma se deitar na cama em que estou. Mas me lembro com gosto do corpo dela se arqueando, dos focos róseos de seu corpo despontando na pele branca. Ela jogando com os cabelos, inclinando o corpo, frenética. Entendo o que ela disse: foi poesia o que ela fez com o corpo, uma dança, um ritual. Não pra Aschera, mas em sua própria homenagem. Deleite que conjuga corpo e alma.
Não fosse Biblos, e além de Biblos, a biblioteca, eu não a teria conhecido. A História e as pequenas histórias. Eu não trocaria este momento pela vida toda de Aníbal, que venceu batalhas grandiosas mas não conquistou Roma. Nem pela de

Moisés, que teria salvo um povo da escravidão, mas não atingiu a Terra Prometida. Mesmo que não haja um lugar destacado pra mim na História, hoje me sinto realizado. Como se começasse uma estranha e nova fé, como se uma longa guerra terminasse.

Estou delirando, amanhã vai ser um dia como outro qualquer. Eu aqui com pensamentos românticos, com pieguices. O que está acontecendo comigo? Foi só uma trepada. É evidente que ela só deu pra mim por algum ressentimento contra o noivo. Eu sou um-cara-qualquer, ela não vai querer ser mais que uma-garota-qualquer para mim. Minha mão nos cabelos de baixo ela aceitava, quando os afagos eram rente à orelha, ela se recolhia. Aschera.

Engulo um último morango que jazia perto do travesseiro. O gosto é bom. Espero que Chiara acorde logo. Precisamos de mais morangos.

MENINO QUE FAZ OS SONHOS

> *Rede é uma porção de buracos,*
> *amarrados com barbante.*
> (criança anônima,
> citada por Pedro Bloch)

— Ai, que mininu bunitu, coisa fofa da titia!
Rafaelzinho mal sabia que se chamava Rafael. Ainda estava aprendendo a pronunciar os primeiros sons, e como quase sempre chamavam-no de "Mininu", ainda estava longe o dia em que diria: "Meu nome é Rafael dos Anjos".
— Bilubilubilubilubilu! Lindinho!
Na verdade, é Rafael das Dores, mas com um rostinho tão angelical, os cabelos loiros charmosamente encaracolados e a pele tão branca, preferiria um nome que melhor lhe aparentasse, e não o dos parentes.
— Vem agora com a mamãe, meu anjo, vem.
Rafaelzinho ainda não sabia que a mãe era operária de uma fábrica de cotonetes. Não tinha a menor ideia do que é isso. Não tinha a menor ideia de quanto suor valia cada papinha que devorava. Aliás, não sabia que a mãe soluçava de aflição, nem que seu nome é Maria, nem que estava devendo três meses de aluguel.

— Mininu gotôso! Ói que perninha gotósa de apertar!

Tão bonito esse Rafaelzinho que o sucesso com as meninas será fácil. Mesmo as riquinhas mais embonecadas vão cair na sua lábia, nos bailes da cidade. E ele um rapaz meigo. Não muito romântico nem monogâmico, mas conhecedor das delicadezas que as meninas gostam.

— Uma graça, não é? Lindão!

O Mininu tinha um passatempo favorito, que era brincar de carrinho. Acelerava pelos ladrilhos frios da sala, buzinava para os três vira-latas magros, e de quando em quando derrapava em alguma almofada velha, poeirenta, esquecida no chão.

— Cumprimenta com a mão assim. Estica mais, assim. Isso aí, filhão!

O pai procurando emprego há anos, tentando o melhor que pode sem encontrar nada. Rafael vai demorar para aprender a ler, então não sabe o que é jornal e muito menos o que é Classificados. Dizem que seu pai é um desclassificado, mas isso ninguém da família entende muito bem o que significa.

— Você é um príncipe, filhinho. Um principezinho encantado.

E quando levasse para casa as filhas bonitas da gente rica, veria no braço delas os pelos arrepiados. Não por tesão, mesmo que ele caprichasse nas carícias. Seriam as paredes descascadas, as cortinas desbotadas, o sofá gasto e remendado. Nenhuma delas se sentiria à vontade ali, por mais que confessassem uma quase magia em seu beijo. Ele fingiria não ver problema algum. Elas diriam que ele se parece com um galã de novela e estaria tudo bem.

— Tutitutituti. Tutitutitutitutitu!

Rafaelzinho ainda não sabia o quanto o trabalho esgotava sua mãe. Ela chegava quase desfalecendo de cansaço, era enorme seu esforço para disfarçar. O bebê era a esperança da casa, e todos combinaram que ele seria o primeiro da família a entender perfeitamente o que é essa tal de dignidade.

— Ae, garotão! Mininu esperto, assim que eu gosto!

O pai jamais contaria quanta humilhação já passou com os antigos patrões. Até cuspe na cara ele tomou, quando reclamou de seus direitos. O que foi, seu Zé Ruela? É baixar a cabeça e fazer o que eu mando. Tá me olhando torto por quê? Tu é feio demais, porra. Mete o rabo debaixo das pernas e pega tuas coisas. Tá despedido.

O sol está forte. O vento que sopra ao meio-dia é muito bem-vindo, refrescante. Uma sopa de ervilhas está para sair do fogo e o aroma desperta a fome nos moradores.

— Amo demais esse gurizinho. Ele é a nossa maior bênção, não é? Nós somos felizes, não somos?

— Somos, sim.

E Rafaelzinho corre pela sala, descalço, desvendando brinquedos e inventando pequenos truques. Atrás de uma cortina ou do lado de lá da parede cabe um universo inteiro. Absolutamente tudo o que a brincadeira pode conceber é possível e real. Tesouros indescritíveis, imensos, doidos. Seres fantásticos maiores que uma casa, maiores que o quarteirão. Mesmo assim cabem em sua minúscula mão de mágico, na mão dele, menino que faz os sonhos.

A FILHA DO POETA

Psycho cycle, psycho cycle, fogo que consome fogo. A garoa bem fininha, por dentro coração quente. Deus vai longe, mas sobeja poesia, agonia dos anjos em versos cadenciados. Oração crente.

A gente nunca sabe o que pode acontecer. A manhã começou como outra qualquer, o céu confiável, o leite do café bem cremoso e do oceano vinha uma brisa sutil, que de mansinho chegava pela janela. Parecendo um dia fácil, tudo nos conformes, mas logo passou a se inquietar. A começar pela Dona Laura, a cara magra na calçada oposta, mal pôs os pés na rua. Sair de casa e esbarrar com ela... não era esquisito cumprimentar a velhota sem a mãe por perto, saltando duas gerações duma só vez? A vizinha disse Oi, tudo bem? Ela tímida, toda corada só de acenar com a mão.

Acelerar o passo, ir até o campinho e ver os rapazes. Eles não cansam de jogar bola, ela não cansa de olhar. Um corre-corre danado, a grama gasta de tanto que eles caem, às vezes parecem bichos. De repente um passe de trivela, um drible no zagueiro, um gol de cobertura. A menina bate palmas, dá pulinhos, gosta de assistir mais até do que gostam de jogar.

O suor que eles não conseguem limpar, os palavrões que eles não conseguem conter.

Findo o jogo, um menino se aproxima. Sorriso macio e olhos que zanzam. Sabe que ela é filha do poeta. A roupa dele cheirando a bicho molhado, não deveria chegar tão perto. Ele diz que se chama Zito, e que fez um gol só pra ela. O mais bonito, aquele de bicicleta. Ela titubeia, diz que tava impedido, o juiz não viu. Mas valeu sim; e ele a convida pra um sorvete.

Sem aviso, a garoa engrossa e se torna chuva. Ela diz que não, que a mãe a espera, que vai dar a hora de almoçar. Ele pega na mão, diz que paga, não tem problema, não. Encabulada, ela retorque: e a chuva? Ele nem se importa, prende seu pulso nos dedos, forte. Ela cede, impulso cego, e se põe a andar. A camisa dele, agora ainda mais molhada. A roupa dela também, o vestido plissado, vai ficar com cheiro estranho. A culpa é inteirinha do Zito (culpa que nele parece mais leve).

A chuvinha é de verão, framboesa é um sabor bom. Ele pede de pistache, lambe com sua cara abusada. Deveria ser mais gentil, ela diz. Afinal é filha de poeta. Que ninguém pense que é menina fácil. Ele sabe muito bem, faz tempo que sabe. Surpreende, recita versos de cabeça: As chances vêm e vão/vêm em vão/com você o padrão/se desfaz num dom. Ela não sossega, espiveta: Quaquaquá/Eu sou ethos/vocês são pathos! O menino mira obtuso, não sabe como responder. Deixa de falar com ela, prefere brincar com a colherinha. Por um momento, parece que desistiu.

No caminho de volta, não falam quase nada. Nem mãos dadas, nem gracejos. De tão quietos, borboletas na garganta. Ela quer conversar mas não confia; cada pessoa sua própria mentira. Como sempre, muito medo do que não é, então se tortura, abolindo o não ser. Tornar-se tudo é o pouco que ela tem muito.

O menino chutando pedrinhas. O que vai por trás do rosto dele? Do rosto sacana e bonito dele? Vontade de disparar a toda, mas ele prometeu deixá-la em casa. Será que é força questionar o tudo, inclusive a alma que se tem? Ou apenas confuso? Antes, podia enxergar até ali, nas colinas. Agora, essas vontades cálidas de ir mais longe e menos, de ter o horizonte um pouco mais íntimo.

Chegando ao portão, ela se despede rápido, temendo o de repente. E o comichão no ventre. *Psycho cicle*, fogo que consome fogo. O pai na poltrona, postado com um livro novo sob os óculos. Beijinho na testa, ela sobe pro quarto. Os bichinhos de pelúcia se inclinam em desalento, com ares abandonados. Ela afaga o gato, que não ronrona, é de brinquedo. O pôster na parede descascando.

Ninguém olhando, ela examina dentro da calcinha; mas não encontra mancha. Achou que tivesse: nesse mês não tem período? A mãe diz que nas primeiras vezes não é todo mês. Já veio duas, agora a terceira. Tão estranho esvair-se em sangue, ferida com alívio. Ela fica toda mole, os dedinhos formigantes. Quando termina está quase feliz, um pouco tonta. Pra que é que ela menstrua, se não quer nunca ser mãe? Em instantes se vai, aquela água abaixo levando um pedaço que era seu.

A mãe chama pro almoço, que cozinhou cantando. Quando prepara comida assim cantarolante, o tempero fica o mais gostoso de todos. Uma pena, dessa vez está sem fome. Só não conta pra eles do sorvete. Duas garfadas e não quer mais, empurra o prato longe. A mãe surpresa, diz que fez o almoço com tanto carinho, come um pouco da carninha, vai? O pai sorri, mas guarda pra si. Ele sabe que o apetite é outro, entende dessas coisas.

A filha do poeta se ergue da mesa num passo de bailarina, estica os braços no alto e em dois saltos se atira no sofá. Aperta o botãozinho vermelho. A tevê não ajuda em nada, mas pouco importa, é pano de fundo. Os mesmos programas bobos, os desenhos de sempre, mal a fazem rir. Musiquinhas tão torpes que nem entorpecem. Há algo mais por sentir, ainda a caminho. Pensa nele, no Zito. São dois mundos nadando, convergindo, como em um rodamoinho. Não iriam se desmanchar, frágeis barquinhos de papel na correnteza? Ou iriam se aquecer, espantar o frio da garoa? Esse seu medo. Na novela da tevê, as mocinhas procurando quem as completasse. Seus treze anos, treze anos completos. Por que fazer como as outras, se ela é menina-poeta, se ela possui a si mesma, se ela é deusa nas horas vadias? Como querer alguém que a incomplete?

A campainha. Não precisa olhar pela janela, sabe que é ele. O pai é quem abre a porta, grita pra ela sair do sofá. Convite pra jogar bola, imagina? Zito diz que ensina, só eles dois. O menino chamando, e o mais incrível, o pai engrossando o coro. Suas pernas fininhas, como é que poderiam chutar? Diz que não. O pai insiste, não aceita bobeira da filha. Desliga a televisão e a faz se levantar, não poderia ser mais humilhante. Poderia sim: beija a testa, acima dos olhos grandes, e a põe pra fora. Fique bem, diz o risonho poeta, e bate o trinco. Até o fim da tarde, nada de tevê.

Então, ela e Zito. Esperando por eles, o campinho. Empurrada pra fora, mas, ora, pra que ficar em casa? Mais um dia ouvindo as palestras do pai? Aspirando a fumaça fedorenta do cigarro de cravo? Tá bem, ele pode ser um dos grandes poetas do Brasil, mas os pais aporrinham, por simples fardo. Antes de artista, pra ela é o pai. Zito se perde em seus olhos, vê familiaridade com a poesia, mas é ela que aguenta o velho. Gosta dele um pouco, mas nada como estar ao ar livre, longe dos pigarros, sentindo o vento, sem vigilância ou sábios conselhos.

As nuvens se dispersando, o azul respirando no céu. O campinho ainda úmido, mas é melhor assim, o campo vazio, só os dois. Vamos? Zito no gol, fala pra ela cobrar. De olhos fechados, ela pimba. Fraquinho, a bola não chega. O menino se aproxima e, com paciência, mostra o movimento dos pés. Lição fora de casa: faz assim, ó. Ensina a curva do corpo, tem que girar pra pegar impulso. Ela tenta uma vez, faz plof. Tenta duas, e nada. E três e quatro. E então ela faz gol! Ele deixou? Não importa, ela comemora, contente de si, gritando que nem radialista. Revezam, ela pegando no gol, pulando pra espalmar. Quando um marca, trocam de lugar. E passam, passam o tempo.

Cansadinha, ela sai do quadrilátero, quer ver as plantas. Margaridas vistosas no jardim coberto. Aqui a chuva não caiu, ela diz. A flor deve ficar com sede: ouviu a chuva caindo e não ganhou um pingo. O menino diz Espera só um minuto, e corre pro banheiro. Ela acariciando as margaridas, como se fossem animaizinhos. Sensibilidade que brota da terra; a margarida sente o toque na pétala como um afago na pele. Eis que Zito volta correndo, e traz as bochechas infladas, duas gordas bexigas. Pequeno lago dentro da caverna da boca. Aproxima-se das flores e despeja o líquido. Pronto, reguei as florzinhas.

Dessa vez, ela não hesita quando é pega no pulso. O coração bate forte, como se ouvissem rock. Os paralelepípedos da rua parecem azulados, úmidos da chuva, um pouco escorregadios. Ela queria ficar toda séria, mas sorri sem entender por quê. Menino diferente esse, que conversa sobre poesia. Até leu um livro do pai, dá vergonha. Como se já conhecesse cada aposento da casa, como se fosse íntimo da família. Zito nunca falou de poesia com os amigos do futebol, só com ela. Quando crescer quer ser poeta. Mas de onde ele tira essas ideias? Não prefere ser bombeiro, ator de cinema, jogador de futebol? Faz gol de bicicleta e quer ser poeta...

Aí um cachorrão sem coleira se aproxima. Vem farejando os postes, respirando pesado. Maior do que Zito, maior do que os dois juntos, bicho descomunal. Ela se assusta, não quer nem olhar pra ele, esconde o rosto no peito do menino. Ele sussurra, passa os dedos em seus cabelos. Diz pra não ter medo, o animal vai seguir seu caminho, vai passar reto. Muito grande e muito cheio de dentes, ela aperta as pálpebras quase chorando. Treme toda, sente-se mal por ser medrosa, não pode evitar. O bicho chega bem perto, dá pra ouvir o resfolegar. Um monstro irracional, uma cãosciência que não aceita acordos. Se correr o bicho pega, então ela deixa o menino abraçar, apertar forte com os braços, deixa ele cochichar no ouvido. Dizendo que protege, que não vai acontecer nada ruim.

    O perigo passou, pode abrir os olhos. Ela ainda assustada, querendo fuga. O menino pede pra mirar bem fundo nos olhos dele. Brilhantes como os brincos que a mãe deu no aniversário, bonitos, por mais pesados na orelha. Sente uma tontura boa, que do peito contagia a cabeça e o sangue. Olhos bem abertos, mas agora se fecham. E os lábios dele roçam nos dela, tão cálidos que a imaginação não atina. Pela primeira vez ela se parte ao meio, e apesar do medo, a sensação é boa. Um pouco louca, um pouco tonta. Acelera, mais rápido que o pensamento, e algo fica pra trás. *Adeus à deusa, adeus à deusa.* Partindo, sem saber pra onde. Os seres divinos não podem ter boca, não podem beijar assim. O divino não tem boca, e o divino é isso aqui. O beijo.

EMARANHAMENTO

Nenhum dos dois saberia dizer se a mensagem se originava nele ou nela:
Eu não te amo mais.
Mais que um pensamento, uma sensação que desavisadamente irrompia
sem sujeito ou objeto, afeto maior que os egos, sem bordas, sem começo ou fim. Não fazia sentido perguntar onde se manifestara primeiro, ou se havia emissor contra receptor. Estiveram unidos enquanto durou a paixão, e também no declínio o compasso foi um só. Impossível uma sincronia mais acurada.
                                            Ao fragmentar
o átomo
     nos afastamos de sua verdade, temos apenas partículas despedaçadas.
O que se passou entre os dois só pode ser entendido
como uma viva dinâmica que a ciência é incapaz de acompanhar. Não há instrumento com que compreender a música de duas almas.
No caso deles, o improviso foi tão orgânico, tão harmonioso, que a perfeição implorava por um término afinado, onde os dois soassem juntos uma mesma nota.

Ficaram igualmente surpresos com o fato de ter durado tão pouco, e que nenhum dos dois quisesse insistir, tentar resgatar o fogo que os consumira tão intensamente. Logo concordaram, porém, que não poderia se prolongar algo que os arrebatava a ponto de dissolver a individualidade, sobrepondo-se a qualquer decisão consciente, superando a cisão dos corpos a tal ponto
    que já não saberiam caminhar sem a contraparte.
        Era peremptório: ou sabotavam aquela relação, esforçando-se para se desapaixonarem, ou teriam de abdicar de todo e qualquer contorno.

Jamais viveram algo tão radical, e reconhecem, até mesmo com certo alívio, jamais poderão viver nada semelhante novamente. O que ainda não sabem, sendo o rompimento recente, é que os ecos se farão ouvir pelo resto de seus dias, arrepiando-lhes os pelos
    como uma espécie de maldição.

Ele estala os ossos dos dedos, tantos quanto pode.
Ela confere o caimento da saia, alisando os vincos.
Um último sorriso nervoso antes de se despedirem, e cada um segue uma direção diferente
    na vã tentativa de deixar o passado para trás.

HISTÓRIA EM TRÊS DIMENSÕES

Para Laura/Amanda/Fernanda

Esta é uma narrativa em três dimensões. A primeira delas se chama *Gigante do pau grande*, de título autoexplicativo e redundante. Neste conto, um ponto, percorrendo a reta *x*. A segunda se chama *Kátia Berlusqui*, nome que batiza a autora da primeira história. Com *x* e *y* temos um plano, onde acompanhamos uma linha ziguezagueante. A terceira dimensão nos atira à realidade, a que pula cá para fora, nos bastidores, no além-página. É onde o narrador coincide com o autor — este mesmo, do nome que se imprime no cabeçalho. Ponto, plano e volume nos situam nas três dimensões; vamos percorrer o *punctum* da ferida, suas linhas de fuga e o campo expandido das condições em que um livro é produzido. Da fantasia para a metalinguagem e desta para a realidade, nos desdobramos e nos redobramos a cada transição.

Isto posto, alguém com conhecimentos de física pode se lembrar da teoria das supercordas. Ou seja, em vez de se preocupar com o tamanho do pau do gigante, há quem prefira discutir se o Universo tem dez, onze ou doze dimensões. Os cientistas contemporâneos se esforçam para nos endoidar, pois se mal se apreende a vida nas dimensões que percebemos, quanto mais em doze! Mas não vamos nos deixar levar por especulações ainda não provadas. As dimensões extras só se poderiam averiguar em um nível subatômico, e ninguém aqui está dizendo que o Gigante, Kátia ou eu não possamos sofrer de sutis interferências das demais dimensões, apenas que elas não são visíveis a olho nu. Falando em nu, o caralho do gigante mede 1,82 m — o que, como vocês verão, não é uma informação irrelevante.

Claro que, além das três dimensões espaciais, há o tempo, a quarta dimensão. Mais uma vez um especialista pode nos lembrar de informações muito inconvenientes. Por exemplo, uma afirmação de Einstein quanto ao tempo ser uma ilusão, sem distinção rigorosa entre passado, presente e futuro. Os físicos são tão bons em esclarecer quanto em confundir, mas o que nos importa aqui? As três histórias, *Gigante do pau grande*, *Kátia Berlusqui* e *Realidade*, todas três se passam no tempo do **Era uma vez**. Pronto. Pois não, qual a dúvida? Se a realidade também transcorre no **Era uma vez**? Claro que sim, inevitavelmente. A realidade existe, mas nós a inventamos. Meu nome vocês encontram nos créditos, mas fora essa convenção, naquilo que revelo ou não para vocês, sempre há muito jogo. Quem conta um conto sempre aumenta um ponto, por mais que eu me esforce para ser sincero. Vou tentar não mentir, mas não se deve jamais acreditar muito em um escritor. Ou melhor, não acreditem demais em ninguém e duvidem um tanto de si mesmos.

Podemos começar?

A inspiração para criar Kátia e o Gigante veio de onde vêm todas as ideias, da Realidade. O caso é que eu tenho uma namorada que não é bem namorada, é um *affair*, uma amiga colorida. O nome dela não exponho porque ela me pediu para não revelar, e seria de mau gosto contrariá-la.

Sim, meus caros, esta é uma narrativa elegante, sem apelação, sem excessos, sem arroubos gratuitos. Não quero constranger ninguém. A identidade da minha amiga eu preservo, mas, para facilitar, vocês podem chamá-la por algum nome fictício. Pode ser Laura, Amanda ou Fernanda, para mim tanto faz. Para mim ela é real, eu me certifico disso porque a toco, mas para vocês ela não tem, não pode ter, a consistência que tem para mim. Vocês nunca sentiram sua carne, nunca tiveram seus afagos, nunca a ouviram sussurrar em seus ouvidos — então, para vocês, ela não se diferencia muito de Kátia Berlusqui. No papel, são apenas nomes que ecoam na mente: tornam-se personagens. E mesmo eu, claro, aqui me ficcionalizo, pois não se faz arte impunemente.

Kátia, apesar de não existir na Realidade, toca um projeto comigo. Ela é escritora, escreve o *Gigante do pau grande*. Dividimos a autoria deste conto, mas não é tão fácil entrarmos em acordo. Criar em parceria às vezes é muito melhor do que criar sozinho, como em Lennon e McCartney ou Jagger e Richards. Ou mesmo Picasso e Braque, que interferiam um na tela do outro durante o cubismo analítico. Se eu me aborreço um pouco com a Kátia é que, se por um lado ela tem uma veia *rock and roll* que muito me agrada, por outro não é grande fã do cubismo. Ela nem faz ideia de que a versão que ela escreve do conto, para mim, é apenas uma das dimensões do cubo. Kátia é uma personagem bacana, pena que seja muito plana.

Ela descreve o gigante como um homenzarrão todo-poderoso, capaz de ejacular oitenta vezes em um só dia. Eu acho exagerado, mas é ela quem quer assim, não posso fazer muito. Não é por ter uma dimensão a mais que eu mando em Kátia, menos ainda no que ela inventa; além do mais, o gigante é maior do que eu. O que não me impede de perguntar: por que, Kátia, esse falo enorme, do tamanho de um homem? Como é que isso penetra? Ela não me ouve, nem se importa com o que cabe ou não cabe. Segue no exagero, no colossal, fiel ao transbordamento. Eu reclamo, mas por fim acabo admitindo que não poderia ser diferente. A imaginação sobre-humana é o que torna Kátia mais humana. Como ela poderia se contentar com o que é razoável, o que é de "bom tamanho", de "bom-tom", ou mesmo com o que se encaixa?

Kátia deu nome de Marlon para o gigante. Não acho que Marlon era um nome frequente na Idade Média, mas Kátia arguiria que essa é a Idade Média que ela inventou, e eu estou com preguiça de discutir com ela. O nome deve ser por causa do Marlon Brando, embora somente o pau lhe supere a altura em ao menos 4 cm. Ela descreve seus braços musculosos, seu sorriso maroto, sua voz ressonante e suas sobrancelhas espessas. Não sei que tesão ela tem por sobrancelhas espessas, não me perguntem. Meio a contragosto, concordei com a descrição "os olhos verdes como a mata", por lembrar que a mata é onde o gigante mora. Marlon não tem medo dos animais selvagens, é o que mais admiro nele. Eu queria saber do que um homem tão grande se alimenta, mas Kátia não quis me contar esse detalhe, e ela é quem toma as rédeas neste momento. O gigante caminha de vilarejo em vilarejo, em busca de satisfação. Mal sua cabeçorra se destaca das árvores, as mulheres se alvoroçam, sentem um chamado irresistível e começam a se esfregar. Elas o avistam, poderoso e nu, da soleira da porta ou da janela. Tocam nos seios, mordiscam os lábios, e não demoramos a perceber que não saberão se conter. Os maridos nada podem fazer, por mais que tentem amarrar suas honradas esposas nas camas, por mais que tentem domá-las, alguns com tapas violentos, outros com soluços suplicantes. Eles se debatem sem esperança, já estavam cientes de que a humilhação chegaria mais dia ou menos dia. A fama do gigante só não é maior que seu membro portentoso, e os homens, amedrontados, percebem que é inútil não ceder. As mulheres o aguardavam havia anos, não seria uma formalidade como o matrimônio que as impediria de correr em bando até o gigante em uma volúpia irrefreável, arrancando as roupas e se lançando ao pecado.

Se há luta entre o gigante e os homens do vilarejo, esta se resume a tímidas ameaças, pois ninguém duvida de quem seria a vitória em um confronto fatal. Os impropérios não têm outro efeito que o de excitar o colosso, que logo rapta as sequiosas fêmeas e as leva consigo ao bosque. O lamento dos homens se faz ouvir por alguns minutos, mas logo o resfolegar retumbante ensurdece as mulheres para qualquer queixa, para qualquer culpa, enlevando-as no ritmo do presente absoluto. O gigante deitado na relva, as mulheres escalando seu corpo e sentindo seu coração como um tremor de terra. Três ou quatro gulosas se atiram ao pênis em um abraço lascivo, outras tantas se entregam à sua língua, e em cada dedo de suas mãos uma mulher cavalga alucinada. A energia que sentem é intensa como a de bruxas tomadas por um poder sobrenatural, e não é sem orgulho que derrotam em si toda a inocência, locupletadas por uma experiência sem precedentes. Uma a uma chegam ao orgasmo em desfalecimento suave, e o sêmen do gigante as banha em erupções quentes e viscosas.

Algo me intriga ainda mais do que o conto que Kátia está escrevendo. Pergunto-me por que, com essa imaginação tão libidinosa, ela tem feito sexo com uma frequência tão baixa. Muito menos do que a maioria de seus leitores, que nem sempre são grandes conquistadores. Reprimida ela não é, nem lhe falta charme ou beleza. Para sermos justos, ela gosta de um caralho tanto ou mais do que as camponesas ensandecidas que seus dedos ágeis descrevem no teclado. Enquanto narra, ela alterna entre as teclas e a calcinha; a cada página que escreve, mergulha a mão e se masturba com furor. Eu mesmo, às vezes, sinto vontade de me masturbar pensando na Kátia, mas por ora me contento em observar seu frenesi. Ela entreabre a boca e fecha os olhos, e nesse momento imagina o pau do gigante roçando seu ventre. Ele é dotado de um poder descomunal, invencível, que a subjuga deliciosamente. A palpitação de Kátia é ainda mais forte quando, em devaneio, ela visualiza outras mulheres, de longos cabelos esvoaçantes. Ela lhes dá a mão livre, para juntas comungarem o milagre das sensações arrebatadoras. O gozo não cabe em seu corpo, ela treme toda. O pênis enorme a vence, e ela se escora nas parceiras, testemunhas de seu delírio. O falo gigante é agora uma lembrança compartilhada por muitas, fazendo Kátia se sentir desejada e completa. E relaxa.

Nem posso explicar o quanto eu gostaria que ela me ouvisse: por que, querida Kátia, ao sair da escrivaninha, não escolhes ninguém para te apalpar as coxas? Por que apenas o sonho te aquece? Ao sair pelos bares, não notas os olhares te lambendo, as mãos desejosas, a quase unanimidade com que magnetizas o desejo de todos? Será que homem nenhum te satisfaz? Ela aceita os drinques, deixa que lhe sussurrem palavras doces, sente um arrepio quando encostam nela como quem não quer nada. Mas não deixa homem algum saciá-la. Nenhum lhe parece o bastante. Ela quer mais do que lhe oferecem, é um gigante que povoa seus sonhos, o homem comum não lhe basta. Ela mesma sabe que 1,82 m de puro pau não penetra, é demais. O que ela quer não tem encaixe, por isso divide com amigas fictícias e obscuras o ardor do prazer bruxuleante.

Eu também, para ser honesto, tenho tido dificuldades em me contentar com aquilo que é possível. A culpa é de Laura (ou Amanda, ou Fernanda, não consigo me decidir). Não somos namorados, somos livres para dormir com quem quisermos — oh, moderninhos que somos. Está me perguntando se é boa essa liberdade? Tudo tem suas vantagens e desvantagens, mas não vou negar, até agora tem sido bom. O curioso é que, mesmo tendo permissão para ficar com outras, quem mais me satisfaz é ela. Nós temos uma sinergia quase perfeita na cama, não é qualquer uma na rua que me despertaria a mesma sede. Ela também, pelo que me diz, não tem saído com muitos homens. Nós já nos demos conta de que esse passe livre funciona mais como sugestão e fantasia que como prática constante. Uma ou outra escapada para nos sentirmos livres, e voltamos a nos querer com intensidade. Cada casal é um caso, e no nosso, é melhor assim do que estarmos juntos por obrigação.

Ou ao menos era. Até Laura/Amanda/Fernanda atiçar tanto a brasa que agora corremos risco de incêndio. Ela não é escritora, mas também possui uma imaginação imperiosa, que não cessa de conflitar com o estabelecido. Todos queremos sempre o incomensurável, não nos contentamos com o copo cheio. Ela, depois de uma noite de luxúria sob os lençóis, aumentou audaciosamente nossa aposta. Sem muitos rodeios, ela disse que estaria disposta a um *ménage à trois*. Minha cabeça rodopiou e abri um sorriso: *É mesmo?* Discreto e cool por fora, por dentro eu vibrava. Eu só não havia escutado as reticências. Ela emendou: *...desde que primeiro a gente faça com você e outro homem; depois eu topo com outra mulher.* Merda, que pacto ingrato.

Assim como eu faço às vezes, minha querida Kátia consome muita pornografia. Não só para se excitar, mas em busca de inspiração para os seus contos. Alguns críticos maldosos dizem que o lugar de suas histórias é em revistas eróticas de quinta categoria. De fato, foi onde ela começou, mas hoje ela está em diversas revistas literárias, é entrevistada nos grandes canais, e de maneira alguma desagrada a todos os críticos, tanto que é finalista do Prêmio Jabuti deste ano. Ela é celebrada em nichos *underground* e acadêmicos, não só porque sexo vende, mas porque está na moda a confluência entre alta e baixa cultura, ironia e niilismo, vida e obra. Ela é pop e cult, pornô e pós-moderna, discorre sobre pênis e pó, mas também Poe e Plath. Se ela vai durar, se vai ser lida no futuro, não se sabe, mas ela não parece muito preocupada com isso. Até uns dois ou três anos atrás, ela só escrevia relatos baseados na sua vida íntima, causando escândalos que lhe garantiram a fama. Ultimamente, como eu disse, ela tem tido poucas aventuras para contar, e talvez por isso venha se arriscando mais na literatura de invenção.

A imaginação nos castiga. Já tive relacionamentos longos e felizes na mais sincera monogamia, sem sentir falta de outras mulheres. Também já tive períodos de carnalidade mais inconsequente, sem qualquer conexão além dos corpos. Nas duas situações, eu senti que escrevia minha própria história, que fui honesto com meus desejos. No meu *affair* atual, os sentimentos se confundem. Eu gosto muito da Amanda, às vezes quase, por descuido, deixo escapar um eu-te-amo, que contenho à força. Reprimo a declaração, ela não convém a nossos acordos, ao nosso trânsito livre por camas diversas. Gosto dela com verdade, no entanto, os dois sabemos que não combinamos muito fora da cama. Não o suficiente para pensarmos em namoro sério, casamento etc. Minha amiga não chega a ser como Kátia, ela me aceita como homem, não precisa de um falo gigante, mas também parece achar pouco estar só comigo. Não é a toa que sugeriu o *ménage à trois*. Dois homens no mesmo leito, um membro por trás e outro à boca, ligando-a em um único movimento que a atravesse. Apanhada de ponta a ponta, o masculino amplificado, dobrando-a, prolongando-a. Não é amor, é ardor o que ela me pede. Um homem de 1,82 m é pouco, não é todo falo. Não a toma toda, portanto é falho. Por mais que eu a satisfaça, sou apenas um homem — real. E seria injusto de minha parte reclamar, pois também eu não a assumo como namorada, não a deixo se inscrever em meu peito como quem se apossa. Não me esforço o bastante para deixar que ela me baste. Coração nômade, instável, e agora ainda mais alucinado, por uma sugestão dela mesma. Como superar a fantasia das mulheres multiplicadas ao meu redor? Como me contentar somente com uma, se ela já se dirige a mim abrindo ângulos, esperando outras se encaixarem? De qualquer modo, o amor é sempre conturbado. Quem sabe, talvez um triângulo tenha arestas mais lânguidas que a tensa linha a dois.

    Imagino: alguém como Kátia Berlusqui. Todos combinaríamos tão bem em uma festa a três. Os seios convincentes, a cintura perfeita para enlaçar nos braços, beijos que nos levam ao vício. Como posso não desejar Kátia? Como não, agora que as dimensões se embaralham, agora que a fantasia se torna promessa e a disposição para os sonhos surge de uma voz que ouço ao meu lado, no meu travesseiro? Laura-mulher, a mais tangível, a de corpo que melhor serpenteia no meu, ela me propõe delírios que a poesia não pode aquietar. A realidade compete muito mal com o sonho. A menor ponte, a mais sutil ligação, microscópica, entre uma dimensão e outra rompe todas as leis estabelecidas. Com ou sem o reconhecimento da supercorda, algo vibra e me dilacera, traça um *continuum* nos corpos, as palavras mais mágicas tocando o cotidiano.

Para a frustração dos leitores mais ávidos, ainda não sei se quero dividir Fernanda com outro homem. Vou me decidir um outro dia. Escrevo esta narrativa para ajeitar os pensamentos, para ruminar minha decisão, enquanto os desejos não se decidem onde se fixar.

Já o gigante dispensa qualquer pudor ou hesitação, ele é o absoluto. Para quem tem amor na ponta da língua, a cautela pode fazer sentido — para todos os outros, não. Para o gigante, seria um tanto ridículo pensar em amor. Ele é grande demais para que uma única mulher possa lhe atender. Como passear de mãos dadas com tamanha diferença de altura? Como adormecer de conchinha sem perigo de esmagar? Ou, ainda mais grave, como ter um filho de modo que o ventre da mãe não inchasse e explodisse? Isto já havia acontecido, mais de uma vez. As mulheres tomavam cuidado para não engravidar, mas ao menor descuido, o embrião crescia e rebentava, como um grotesco *alien*. Marlon mal ficava sabendo — não era de seu costume ir ao mesmo vilarejo duas vezes —, mas os boatos chegavam aos seus ouvidos. Às vezes, uma das fogosas camponesas lhe perguntava: *É verdade que uma jovenzinha da Gália engravidou e explodiu?* Marlon desconversava, ele francamente não sabia (procurava não saber). Não era tão raro, contudo, que uma desavisada se lambuzasse com seu esperma e dissesse querer um filho seu. O orgulho de dar à luz um filho gigante sempre terminava em tragédia, o que não impedia que de tempos em tempos alguém tentasse a façanha, julgando ter um revestimento mais firme por dentro. Âmnio a âmnio e ano a ano, Marlon seguia adiante, não olhava jamais para os caminhos que ficavam atrás. Tinha um mundo inteiro a desbravar, não precisava se ater ao conhecido. Não precisava se apegar a ninguém.

A solidão — que ele jamais admitia, mas ao fundo sentia — tinha seu aspecto estimulante. O vazio no peito levava-o a transgredir o mais que pudesse, em uma espécie de torpe compensação. Uma vez, Marlon se aproximou de um convento, com aquele seu sorriso maroto. Arrancou sem esforço o telhado do edifício e exibiu sua nudez a dezenas de freiras virgens. Naquele tempo, ao menos é o que dizem, a vida religiosa estava tão arraigada nas famílias que para o convento não eram mandadas, como hoje, só as feias, as rejeitadas e as frígidas, mas todo tipo de donzela. Por baixo do hábito, revelavam-se as mais belas surpresas. Se bem que Marlon não se preocupava tanto com a beleza singular de uma ou outra mulher, ele queria mesmo quantidade, ação e desafio. Sua vista não era das melhores, mal distinguia as feições diminutas, mal podia constatar a cor dos olhos, a delicadeza de um nariz benfeito, a curva de um quadril. As rugas de uma velhota passavam despercebidas, e não era em celulite que ele iria reparar. Dentre as freiras, portanto, algumas das primeiras a se entregar eram as mais velhas, aquelas que julgavam ter conservado por tempo demais sua castidade. Essas viam no homenzarrão uma última chance, uma espécie de milagre na Terra. Espertamente, fingiam senilidade, e de fato já não respondiam mais por si, uma vez que sentiam a umidade em partes onde já não acreditavam. Outras freiras, geralmente as mais bonitas, só cediam depois que ele as apertasse bem forte junto ao corpo, fazendo-as sentir o odor contagiante de sua excitação. Ao fim da tarde, estavam todas agarradas a um homem que, naquele momento, lhes parecia muito maior e mais milagroso do que Jesus Cristo. Livravam-se, pela carne, do pecado maior, o que está apenas na mente.

Agora sabemos o quanto o temperamento de Kátia é provocador — se eu não fosse também um escritor com algo de maldito, teria vergonha de tê-la criado. Como eu também não sou muito respeitável, o que se passa é o contrário, e começo a gostar dela. Aliás, resolvi delinear melhor sua personalidade. Ela é uma provocadora, já se vê em sua boca sardônica e em seu olhar oblíquo. Quando ela vai aos bares e boates, não há um único dia em que não seja abordada. Não que ela recuse, que ela nunca dê seu telefone aos que mais lhe atraem, ou que esteja fechada para os balanços. Não é que ela não ria dos trocadilhos infames dos homens, desestimule suas pequenas malícias ou os desencoraje por sua estupidez. Por mais que esteja obcecada pelo gigante, não faz os homens sentirem-se diminuídos. O que ela tem feito, toda vez que querem possui-la? Ela propõe sexo grupal. Não necessariamente ela e dois homens, como no meu caso. Kátia bem que gostaria de segurar uma mão feminina enquanto um corpo mais forte a comprime. (Nesse sentido, eu preferia que Amanda se confundisse mais com Kátia, que topasse a fantasia sem complicar o acordo.) O que Kátia deseja é que o membro escolhido a penetre com toda sua monstruosidade e divindade — e não é costume das sacerdotisas se sacrificarem sozinhas.

A aflição e a urgência de Kátia se devem ao gigante estar dentro dela, tal como ela o criou. Sabe que não irá encontrá-lo entre os homens, mas lhe é difícil se conformar com as limitações da realidade. O gigante possível não pode ser um homem total, que não existe nem nas duas dimensões de Kátia, quanto menos na Realidade. *Mas quem sabe*, pensa Kátia, *a perfeição tangível não esteja em uma composição em vez de em uma pessoa? Uma completude que se desse mais por uma situação que por uma essência?* Kátia passou dos trinta, já experimentou um pouco de tudo. Ela tentou inclusive ser convencional. Por algum tempo, pensou que a equação ideal pudesse ser homem + romantismo; depois homem + viagens; depois homem + presentes faiscantes; homem + humor e, claro, homem + poesia. Mas nem mesmo nos raros momentos em que o pacote parecia completo, romantismo, viagens, presentes faiscantes, humor e poesia, nem mesmo com todos os elementos, ela se dava por satisfeita. Depois de tantas variações e tentativas as mais diversas, Kátia tem acreditado que sua composição ideal se configura com mais de uma pessoa. Sua conclusão é a de que não lhe basta o *tetê-à-tête* — a dois ela não se equilibra, sente de modo imperioso a falta de um elemento. Sente extrema necessidade de esticar um terceiro ângulo, montar o polígono que, para ela, representa o divino na Terra. O número três, para a inquieta Kátia, é sagrado.

Ela precisa de alguém que seja olhos enquanto um outro é corpo, em uma ciranda lúdica, revezando entre exibicionismo e voyeurismo. Cada um tem sua fantasia, e ela não abre mão do sonho. A cada noitada, ela tem exigido dos homens, como um épico desafio, a tarefa de arrumar uma terceira aresta. Infelizmente para ela, não tem sido tão fácil, chego a sentir pena. Ainda que digam que muitos homens querem mais que tudo uma noite com duas mulheres, não são tantos os que se demonstram à altura. Um mês atrás, por exemplo, um rapaz muito robusto disse que aceitava o jogo e convenceu uma morena de olhos vívidos. Mas, chegando no motel, vendo duas mulheres lindas e fogosas, e diante da pressão de dar conta, não deu outra. Broxou. *Estamos em uma época de crise, não se fazem mais homens como antigamente* — diz Kátia para as amigas, sempre que as encontra. As amigas invejam a disponibilidade de Kátia para aventuras ousadas, embora tenham uma vida sexual muito mais ativa que a dela. Se lhe bastasse, Kátia não hesitaria em trocar de lugar com qualquer uma de suas amigas bem casadas, para que a solidão não a castigasse tanto. Mas ela não consegue, com ela é diferente. Todas suas tentativas monogâmicas do passado lhe ensinaram que somente em ângulos oblíquos poderia ser feliz.

Eu já me senti muito feliz com namorada fixa, mas outros tipos de aventura também me seduzem. É preciso viver, aqui, na realidade, para ter o que contar ali, nas outras dimensões, e isso vale para o amor, para o desamor, para a saudade — e, evidentemente, para a putaria. De novo um *oh, que moderninho eu sou*? Mais ou menos. Depois de algumas loucuras sou levado a dizer, sem pieguice, que nem sempre a libertinagem é mais livre que o amor a dois. Agora mesmo, por exemplo, sinto-me coagido.

Dividir Laura (Amanda/Fernanda/o nome que preferir) com outro pau não me deixa muito confortável. Como todo mundo, tenho minhas questões, meus receios; se ignoro isso, transformo o prazer em obediência, em farsa, e a porralouquice pode ser uma inércia, um deixar-se arrastar sem escolhas efetivas. Qualquer um, se quiser muito, pode tomar drogas e ligar o foda-se, mas isso não significa que se esteja sempre à vontade, com vontade, menos ainda com verdade.

Ménage du ménage. E se o dele for maior, se ela gostar mais do cara que de mim? E ciúme? Não é por ter um relacionamento aberto que eu não sinto ciúme — estamos juntos há oito meses, não é qualquer-coisa. Se o pau dele for muito grande, para onde vai minha confiança? O que dá liga ao nosso caso é a cama, mas não sou gigante, já disse. Não queria ver alguém sendo mais macho que eu com minha Amanda, minha amada. Por outro lado, não queria desistir só por comodismo; simpatizo com leituras anarquistas, com os beats, com Reinaldo Moraes, Mirisola, Denser, com o rock and roll, penso em amor livre, em terrorismo poético, em literatura maldita. Assisto a um monte de filmes pornôs para ver se me inspiro. E até que os filmes me dão um tesãozinho. Tem lá sua graça ver a mulher completamente tomada, cercada, rendida. Arrebatada pelo poder masculino, mas sem deixar de ser rainha. Entre dois homens, anfitriã e musa. Ela é o centro de gravidade, eles também se rendem. Mas como são grandes esses atores pornô, espero que ela não me ferre, não queira um colosso. Não, Fernanda, você é real demais para mim, não posso optar pela fantasia. Nós dividimos tantas coisas, nós tocamos no âmago um do outro, nós temos um passado, não precisamos entrar nesse nível de sacanagem. Seu corpo, quase uma morada... Mas eu vejo a carinha safada dela, e também isso Laura representa para mim: o ápice do sexo, o corpo descomplicado, o deleite sem bloqueios. Vou me escandindo: anarquia... amar guia... amargura... armadura... arma dura...

Larguei a história por alguns dias, com certa preguiça, com dificuldades em saber como prosseguir. Talvez o conto esteja uma enorme porcaria, mas toda vez que tento atirar as páginas no lixo, volto atrás. Pode ser falta de juízo, mas sinto que essa história ainda pode render algo. Vou insistir um pouco e ver como se sai. Na vida real, no entanto, sigo sem nenhuma novidade, não decidi se encaro a proposta, apesar de não conseguir tirá-la da cabeça.

    Enquanto permaneço no dilema, vou deixar Kátia escrever algumas linhas.

O gigante, desde o início da puberdade, quando seu pau não media mais do que a estatura de um anão, vem deixando um rastro de sêmen pelas terras que percorre. Era inevitável: um dia ele acabaria se enfastiando. Para ele, a subversão se tornava corriqueira, já perdia a sensação do perigo e até mesmo os atos mais escabrosos lhe pareciam rotineiros. Chegado este momento, ou buscamos nos apaixonar e descansar com uma pessoa especial, ou seguimos em uma escalada de ousadias até o ápice da disrupção. Somente em um conto de fadas Marlon poderia se apaixonar, mas este é um conto de fodas, portanto ele preferiu a segunda alternativa. Seu novo intento seria estuprar a princesa Floriana, do reinado de Nápoles. Floriana era a virgem mais desejada de toda a Europa, cuja cútis, diziam, era suave como as nuvens. Não era um epíteto muito sensual — para sermos francos, um tanto bobo. Se os napolitanos tivessem a altura de Marlon e pudessem tocar as nuvens com a ponta dos dedos, não se animariam a transferir uma textura tão volátil para a descrição de uma mulher. Mas vocês entenderam: a ideia implícita é a de que ela era bela, ou pura, ou celestial demais para que os homens se sentissem dignos de tocá-la. Afinal, era desejo expresso do rei (Afonsinho III) que ela jamais se casasse, jamais se deitasse com um homem, levando vida devota e reservada. Nada poderia ser mais tentador para um gigante entediado. Caminhando a passos largos para Nápoles, Marlon não concluía uma única orgia sem deixar o recado: *Avisem a todos que a princesa Floriana será minha, e que estou indo ao seu encontro.*

    Apavorado, Afonsinho III reuniu seus generais para discutir o que poderia ser feito. Não é novidade que os reis, pançudos e molengas, costumam ser covardes, mas desta vez até os mais bravos generais pareciam petrificados pelo medo. Considerando que o exército contava com cinquenta mil homens, a intenção de Marlon deveria lhes parecer ridícula e suicida — mas o fato é que nenhum regimento europeu jamais havia ousado se bater com o gigante. *Ele é tão grande,* pensavam os oficiais, *que mesmo que o derro-*

temos, ao tombar no chão há de causar um descomunal terremoto. Mesmo morto, ele rachará o solo e acabará conosco. Estavam sendo mais supersticiosos do que acurados, mas enfim, era a Idade Média. Até então, Marlon não havia sido problema dos ricos e poderosos, que preferiam deixar que os camponeses se virassem — eles que se acostumavam com tudo e aceitavam as piores tragédias, que suportassem o gigante como um mal inevitável. Ainda que o clero clamasse por uma postura firme dos nobres, e por mais que o papa escrevesse longas cartas a cada reinado do Ocidente, jamais um monarca tomou uma decisão, muito menos um general se entusiasmou por enfrentar o monstro. Dessa vez, não era possível evitar o confronto, pela honra da princesa Floriana, tão amada pelos nefelibatas. Percebia-se claramente que os soldados estavam mais nervosos que o habitual, suas pernas fraquejavam ao marchar, sua pontaria mostrava-se débil e a coragem lhes faltava. Um confronto direto nos moldes tradicionais não soava uma boa opção, era preciso pensar em uma estratégia inusitada.

Vejo Kátia gargalhar ao chegar neste ponto da narrativa. Ela ri gostoso, sacudindo-se toda. Não sei bem o que ela tem em mente, mas parece bom. Vamos, Kátia, continue que estou curioso. Ah, sim, agora vejo que minha parceira não vai me desapontar.

Os mais brilhantes generais à disposição de Afonsinho III eram dois famosos irmãos, Giovani e Lucca. Eles sabiam que o ponto fraco do gigante era a vista, o que se confirmava pela hedionda falta de beleza de muitas das mulheres que diziam ter sido molestadas por ele. Tendo isso em mente, planejaram uma armadilha. Para evitar o perigo dos abalos sísmicos, pretendiam matar o monstro quando ele estivesse deitado na relva. Evidentemente, não havia maneira mais garantida de fazê-lo se deitar do que apresentar uma centena de mulheres com a libido à flor da pele. O detalhe era que dessa vez as mulheres não seriam mulheres. Seriam soldados bem treinados sob os mais delicados disfarces. Foi assim que, pela primeira vez na História, um destacamento foi formado menos pelas habilidades militares e mais pelas feições femininas, pelo franzino do corpo, pela suavidade da voz, pela harmonia dos traços. Os mais fortes, os mais altos, os mais másculos ficariam de fora da mais gloriosa e mais corajosa empreitada militar daqueles tempos.

Começo a ouvir os murmúrios e percebo que nem todos os leitores nutrem a mesma simpatia que tenho por Kátia e muitos já abandonaram o barco. Nem por isso vou desistir, não estamos aqui para agradar a todos. Se vocês acham que *Gigante do pau grande* não vale nem como pornografia barata, ao menos um terço dos críticos há de concordar. É o texto mais esdrúxulo de minha carreira até hoje, mas me eximo dizendo que é Kátia quem escreve. Pronto, passei a responsabilidade para ela, foi para isso que a criei.

Agora, estendendo-me da segunda para a terceira dimensão, onde já não me valho tão facilmente dos bodes expiatórios, rumino um pensamento inquietante, que se eu fosse prudente, manteria em silêncio. A prudência nunca foi meu forte, só espero que minha amiga entenda o que quero dizer e me perdoe quando ler. Para minha própria surpresa, começo a constatar que Kátia é mais verossímil do que Laura/Amanda/Fernanda. Não estou brincando com a metalinguagem, por mais que Kátia seja fictícia, e de Laura só o nome seja inventado. Quando eu era adolescente, acobertava minha pouca experiência sexual inventando amantes fortuitas, vangloriando-me de proezas mentirosas; mas garanto que Laura existe, domingo passado mesmo, eu senti o quanto seu corpo é quente e úmido, e conversamos por horas enroscados um no outro. Ainda assim, Laura/Amanda/Fernanda: não adianta fixar-lhe um nome, vocês jamais achariam sua descrição convincente.

Só não quero dizer a cor dos olhos, que, de tão raros, se eu dissesse, muitos poderiam deduzir sua identidade, mas posso dizer que seu corpo é impressionante, de tão voluptuoso e firme. Com seios enormes e coxas generosas, à primeira vista ela dá a impressão de ser gordinha, mas ao vê-la nua não notamos uma única celulite e ao correr-lhe as mãos não sabemos o que é flacidez. E não é pelo físico que ela mais me desnorteia. Com todas essas propostas indecentes, sexo grupal e o diabo, vocês devem ter imaginado uma mulher tresloucada, fatal, tão quente na cama quanto fria no coração. O contrário. Ninguém foi tão doce comigo quanto ela, por mais descompromissado que seja nosso vínculo. É um tanto confuso pensar no quanto ela fica tranquila em não me ser fiel, apesar de manter como maior sonho o casamento monogâmico. Pode ser que ela me engane, a vocês possivelmente não convence, mas não acho que ela tenha muita habilidade para a mentira.

Fernanda já fez um pouco de tudo na vida, em especial na adolescência. *Ménage à trois*, e drogas, e promiscuidade, e casos com outras mulheres, tudo sob uma trilha sonora de rock and roll, sem maiores culpas ou arrependimentos. Passados os primeiros anos de porralouquice, ela namorou firme um cara que, admito com uma ponta de ciúme, é um dos homens mais bonitos que já vi, pelo menos nas fotos que ela me mostrou. Nem sei como ela se sente atraída por mim, pois comparado com seu ex, sou feio como Xico Sá. Pois ela se casou com esse namorado, com quem foi monogâmica por cerca de dez anos. No início, ainda dividiam a cama com terceiros, mas em pouco tempo a relação se estreitou e se esforçaram para bastar um ao outro. Quando eu a conheci, era recém-divorciada, e estava voltando ao ritmo das baladas.

Acho bacana a maneira com que Amanda lida com seus desejos, sem pose, sem ostentar. Não tem compromisso nem comigo nem com a imagem de doidona. Dispensa aquela propaganda ansiosa: *Eu sou porra-louca pra caralho, reparem em mim*. Claro que há os fetiches, e a fantasia sempre é parte da realidade. Transar em público, por exemplo, é como uma cena de cinema. Não sabemos bem se estamos sendo vistos ou não, disfarçamos mas nem tanto. O que vale somos nós dois e foda-se o mundo, mas sentimos um arrepio como que de uma câmera nos surpreendendo. E há um prazer que vai além do calor no corpo, é um gozo estético, o sentimento de que aquela conjunção é uma espécie de obra artística, um filme que será lembrado em nossa cabeça. O prazer é muito maior quando é ao mesmo tempo o prazer do outro.

De todas as fantasias da Fernanda, com um repertório dos mais admiráveis, apenas uma ela não realizou. Ir para a cama com um travesti. Ela bem que tentou, dava em cima deles/delas em baladas gays, mas ela não deve fazer o tipo de transformistas. Zombe quem quiser, eu cheguei a pensar no assunto... E se em vez de irmos para a cama com homenzarrões com pênis gigantescos ou caras mais bonitos que eu, se em vez disso a gente cumprisse a etapa com um travesti? Não há como negar: um traveco é menos másculo que um Marlon Brando, compete menos. O que me interessa é a segunda parte do acordo, Laura/Amanda com outra mulher.

Para se conquistar um grande prêmio, um herói tem que passar por uma provação, não é assim em todas as lendas? E por que um travesti me constrangeria mais do que um barbudo musculoso e bonitão? Uma vez que o atacante Ronaldo, o ator de Harry Potter e meu amigo Del já andaram com travestis, eu bem que poderia ao menos refletir um pouco. Só não queria desistir antes de considerar as variáveis. Ainda não sei o que fazer, mas toda vez que eu vou para a cama com Laura/Amanda/Fernanda, penso nela com outra mulher e estou a ponto de achar que vale a pena qualquer sacrifício. É tarde demais para afastar de nosso leito esta segunda dama, a promessa de um prazer ampliado.

Em toda a História italiana, jamais foi tão insólita a preparação para uma operação militar. A começar pela vestimenta dos soldados. Acostumados a malhas de aço, botas pesadas e espada presa à cintura, a saia longa atrapalhava os movimentos deles mais que o habitual peso dos metais. A única arma à disposição era uma faca amarrada na perna, mas esta só poderiam retirar quando o gigante estivesse vulnerável. Portanto, era preciso aprender a seduzi-lo. Os homens de braços peludos deveriam raspar-se diariamente. Barba no rosto, nem pensar. Perfumes com flores para camuflar o odor forte de machos. Os cabelos eram arranjados em longas tranças ou cobertos por delicados chapéus. Quanto ao enchimento na altura dos seios, despencava sempre que os gestos eram bruscos, o que os obrigava a desenvolver um andar gracioso.
   A princesa Floriana em pessoa, não sem deixar escapulir descomedidas gargalhadas, ensinava os dedicados guerreiros a se portar com feminilidade. Amolecidos pelo som de violinos, desfilavam um a um em roupas suaves, rebolando cadenciadamente, repetindo o exercício até perder a brutalidade das passadas. Giovani e Lucca observavam a evolução de seus homens com a maior seriedade. Se acaso um soldado mostrasse má vontade ao imitar o sexo frágil, recebia logo um golpe de madeira na altura da virilha, forte a ponto de tornar o sujeito estéril.

À noite, os soldados tinham aulas de canto, em falsete, para modular a voz. Aqueles que haviam tomado a cacetada, com o perdão do trocadilho, naturalmente cantavam melhor. Os camponeses das vilas próximas se reuniam para ouvir, ainda que a distância, de fora das muralhas. O treinamento deveria ser secreto, mas os comentários se espalharam e todos sabiam que não eram donzelas que esganiçavam as vozes daquela maneira. Tinham que rir às escondidas, pois quem fosse pego em chacotas contra a nobre armada imediatamente seria levado à masmorra. No entanto, de acordo com Kátia, alguns vigias das torres não resistiam e desbragadamente descumpriam a regra. Quando o riso irrompia de um vigia, os camponeses aproveitavam a cumplicidade e gargalhavam junto. Após alguns minutos de descontrole, o oficial retomava a austeridade e ameaçava os que se fizessem de engraçadinhos. O siso durava dez minutos, no máximo, até que um acorde desafinado de um dos soldados pusesse a perder aquela intermitente solenidade.

Entre os soldados destacados, não era raro que um ou outro se engraçasse a bolinar os seios falsos de seus colegas, comentando o quanto eram macios e rotundos. Entretanto, o clima geral no pátio era de profissionalismo. Afinal, também os generais Lucca e Giovani se empenhavam nos mesmos aprendizados de seus subordinados. O treinamento era necessário até mesmo para os dois, no topo da hierarquia, do contrário não poderiam se aproximar do gigante o suficiente para coordenar o ataque surpresa. Os generais se esmeravam nos falsetes e no rebolado, com o mesmo rigor que em tempos mais simples se dedicavam à esgrima e às manobras em campo aberto.

Bem que a maior fantasia não realizada da Laura poderia ser algo mais simples, como transar disfarçadamente debaixo d'água, posar como modelo nu vestindo apenas chapéu coco ou usar uma daquelas cadeiras especiais que facilitam a penetração. Ela pôs logo a maior das minhas fantasias na aposta, é claro que não iria cobrar barato. Quero dizer uma coisa, mesmo correndo o risco de ser zombado por alguns leitores. Já estou pressentindo as piadinhas, mas não me importo. Quero defender que os travestis da vida real, obrigatoriamente, têm que ser mais machos do que muitos heteros. Pois a todo momento estão sob o perigo de ataques homofóbicos, e mesmo assim vão à luta. Deve ser por isso que mal se veem cross-dressers baixinhos. São todos altos, precisam ter alguma força muscular, pois de tempos em tempos apanham e precisam se defender. Tirando uma ou outra figura do meio artístico, não conheço muitos travestis, menos ainda cogitei dividir a cama com um antes da proposta de Amanda. Mas acho que eles têm algo a ensinar, no mínimo no quesito sobrevivência, e isso lhes dá uma dignidade que nem todo filhinho de papai pode igualar. Não sinto desejo por homens, o que é quase caretice para quem circula no meio artístico, mas detesto homofobia. Se não quero ser julgado por nenhuma escolha pouco convencional que eu faça, não vou julgar os outros só por terem um modo de vida diferente, certo?

Ainda não sugeri pra Fernanda o travesti em vez de um homem mais peludo e com menos seios. Estou procrastinando essa conversa, pois, admito, o mais chocado com essa hipótese sou eu mesmo. Para me tranquilizar e ganhar coragem, traço mentalmente alguns limites: eu de um lado da cama, o travesti do outro, nós dois estimulando a Laura, mas sem contato entre nós. Talvez eu dê uma apertadinha nos seios, por curiosidade. Mas só isso, só para dizer: Sim, é melhor do que estar com um homem sem seios. Os travestis costumam ter peitos bonitos, vamos admitir. Apalpá-los, para me lembrar que no próximo *ménage* eu me deliciarei com dois corpos inteirinhos femininos.

E que opção eu tenho, se não consigo desistir da proposta de Laura? Não, não consigo. Puta merda, como essa ideia me obceca, como minha mente ficou frágil diante dessa fantasia! Eu sou um intelectual, li a obra completa de Nietzsche, li Lacan, Deleuze, escrevi artigos sobre estética que alguns dos pensadores mais respeitados do Brasil elogiam... e termino assim, transtornado por um sonho febril, que me tira o sono, do qual não consigo desistir, que pode ser minha ruína, que pode me estigmatizar como um doidão que mal se controla... Como sou fraco, como me deixo levar...

Ou é o contrário, já que não posso ser experimental na arte sem sê-lo também na vida, e estamos falando de algo que pode me render inspiração para verdadeiras obras-primas? Ver de perto o quanto um homem consegue ser mulher, ou o quanto uma mulher pode comer um homem — há muito o que se aprender com isso, para uma pessoa criativa. *Do fundo do poço se vê a lua*, de Joca Terron, é o exemplo que logo me vem à mente. Encontre o Joca num bar e você vai achar que ele parece um baterista de thrash metal, um açougueiro, um matador de aluguel, qualquer coisa menos um escritor. E justamente esse cara escreve um romance sobre um transexual à procura do irmão gêmeo, narrado em primeira pessoa. Com uma sutileza e uma riqueza de detalhes impressionantes, ele se travestiu, tarefa máxima da arte. Imaginamo-nos em outros corpos, assumimos outras identidades que sejam nossos duplos e contrapontos. A Lygia Clark tem obras interessantíssimas nas quais o homem veste uma roupa com os pesos e as proporções de uma mulher, e a mulher a de um homem. E nossa Kátia, ao inventar o Gigante, não teria se masculinizado? Não teria ela sido um travesti durante o transe da escrita? A metempsicose que a imaginação permite, escapar de si mesmo e imaginar-se no lugar de outro, com a cabeça e o corpo do outro... fazendo menos do que isso, pode alguém se considerar artista? Não há criação sem desafio.

Para chegar a Nápoles, o Gigante, cada vez mais audacioso, escolheu um trajeto arriscado: atravessar a nado o mar Mediterrâneo, da costa francesa à italiana. Sua intenção não era outra que afrontar a própria morte, com gabo de heroísmo (ou de anti-heroísmo, na opinião dos que o temiam). Fez escalas em algumas ilhas, como na Sardenha, onde aproveitou para fornicar com sessenta e duas mulheres e vinte e seis cabras montanhesas. Os pastores nada puderam fazer, a não ser rogar-lhe pragas e esperar que os homens de Giovani e Lucca não falhassem. Na última etapa da viagem, Marlon não avistou ilha alguma, tendo que nadar por quase 24 horas seguidas. Ninguém jamais havia lhe ensinado a nadar crawl, seu estilo era cachorrinho, o que o levou a gastar energia como nunca antes gastara. Chegou tão cansado à costa italiana que, por maior que fosse seu tesão por Floriana, mal atingiu a praia e se fez de baleia encalhada, inerte na areia. Julgando estar em praia virgem, adormeceu ao relento. Contudo, a centúria travestida havia sido muito bem informada pela marinha e estava acampada a poucos quilômetros de onde Marlon desembarcou. Arrastando as saias em alta velocidade, em menos de oito horas os homens chegaram ao local e encontraram o gigante ainda esfregando os olhos, afastando o torpor do sono como um enorme bebê mimado.

O gigante encontrava-se naquela fase entre sono e vigília em que o raciocínio é lento. Estava acostumado a ver cem ou mais mulheres vindo em sua direção e julgou que só poderiam ser habitantes de uma vila de pescadores. Por mais concentrado que estivesse em sua ambiciosa missão — penetrar os territórios de Floriana — após as aventuras sardenhas, seu apetite sexual estava novamente tinindo. Cem mulheres robustas, marchando em sua direção, tontas de desejo, haveriam de lhe reafirmar a virilidade. Predador que era, bem que seu olfato apurado notou um aroma diferente, mal acobertado pelo perfume de flores, que se antecipava com o vento às suas narinas. Ainda cansado da viagem, não pensou muito no assunto, concluindo que poderia ser cheiro de peixe ou outra comida que elas preparassem. Algumas lhe pareciam mais altas do que as mulheres com que estava acostumado. Talvez apenas duas ou três, a maioria lhe parecia bem feminina e aprazível e quanto mais chegavam perto, mais as desejava.

Lucca e Giovani, cada um de um lado, cochichavam instruções aos soldados. O gigante estava soerguido pelo antebraço, mas deveriam aguardar até que ele se deitasse completamente. As forças deveriam se distribuir em uma aproximação pelos flancos, caminhando graciosas como nunca, de acordo com o árduo treinamento. Era parte da estratégia que os primeiros a tocar o alvo o entretivessem com carícias, ganhando tempo até que todos se posicionassem. A ordem para desembainhar a adaga e atacar só seria dada quando o gigante estivesse o mais relaxado e distraído possível, com todos os homens fechando o cerco.

Assim foi feito. Marlon bem que achou algumas das mulheres um pouco desajeitadas. Deixou que elas viessem e roçassem sua pele, no entanto olhava-as com um certo espanto. Giovani e Lucca acharam melhor retardar a ordem de ataque até que o gigante estivesse totalmente inebriado por sensações prazerosas. Soldado é pago para obedecer, e quem enfrenta flechas, fogo e lutas no pântano, não pode temer um caralho gigante. Quatro homens foram destacados para manobrar o pênis colossal na maior punheta da História militar. Outros tantos massageavam-lhe os ombros e as pernas, com técnicas relaxantes especiais. Obviamente, não poderiam se despir, o que deixava o gigante um tanto desconfiado, mas ele já não oferecia muita resistência e demonstrava que estava gostando. Por um ínfimo segundo, talvez tenha lhe passado pela cabeça que fosse uma emboscada, mas Kátia não deixa isso muito claro. No momento ela está se deliciando com a cena, seu indicador procurando o ponto G enquanto escreve. Ela está tão excitada que mal consegue se concentrar na escrita, a história está na sua cabeça mas não chega ao papel. Entre um ir e um vir dos dedos ágeis de Kátia, não no teclado, mas em sua buceta, úmida como nunca, tentamos perscrutar sua imaginação e captar os acontecimentos. Ela suspira, murmura baixinho o final da história, mas as palavras já não chegam nem ao laptop nem aos nossos ouvidos, e somente lendo seus pensamentos podemos conhecer a conclusão.

Alguns dos soldados, que afinal foram escolhidos dentre os de gestual mais delicado e traços mais suaves, acabaram por se hipnotizar pelo pau gigante e gostar do trabalho além do planejado. Subiam e desciam no grande mastro, ofegantes como se estivessem em plena batalha. Admiravam luxuriosamente a virilidade do Gigante, assim como causa admiração a espada afiada de um inimigo famoso por mil vitórias. Kátia não saberia dizer se a excita mais a potência de Marlon ou as cem mulheres escondendo segredos por baixo das saias. A própria Kátia, enquanto se masturba, é um pouco o Gigante, e é um soldado que se atraca ao Gigante, e também a soma de todas as fricções e ficções. Nunca antes um pênis lhe pareceu tão poderoso e nunca os homens a comoveram tão profundamente como nesse enleio fantástico.

Um pouco antes do orgasmo, o frenesi lhe parece quase insuportável, tão intenso, mágico e avassalador. Nesse momento, Kátia, com o coração acelerado, decide o destino de Giovani. Sobre a barriga do inimigo, ele brada ferozmente: *Cortem o caralho!* E é o primeiro a desferir um golpe à raiz do lendário pênis. Seus homens seguem a ordem, decapitando o membro no momento em que ele jorrava seu esperma. O Gigante morreu com uma última e majestosa esporrada. O caralho que lhe deu fama caiu duro no chão, não sem antes Giovani conferir que possuía exatamente a sua altura, 1,82 m.

Ao concluir a narrativa, Kátia Berlusqui contrai o corpo no maior espasmo de prazer de sua vida. As sensações ondulam dos pés à cabeça, enquanto ela sussurra *Giovani, Giovani*. Só então, lendo sua cabeça, fico sabendo que Giovani é o nome de um dos muitos homens que se interessaram por ela e a convidaram para sair. Desculpem não ter falado antes desse outro Giovani, de sua jaqueta de couro e rosto harmonioso, mas eu também só estou sabendo agora. Kátia não falava dele nem com suas melhores amigas, apesar de pensar nele constantemente. Ela nunca responde a seus telefonemas, pois o sujeito quer ser seu namorado, não só um amante passageiro. Ele nem se esforça para arrumar uma bacante para completarem um trio, diz querê-la toda para ele. Kátia faz jogo, ignora-o, mas há meses sente que deveria aceitar seus convites, pois o achou especialmente charmoso e inteligente. Ele diz que leu os livros dela, o que não é tão incomum na vida social da Kátia, mas fez comentários que não lhe soaram nem um pouco rasos e que denotavam sensibilidade e afinidade. De hoje em diante, é mais provável que ela lhe dê uma chance, com o pau do Gigante finalmente derrotado. Sinto muito, caro leitor, não ter podido contar antes sobre esse rapaz, mas eu estava evitando ser um narrador onisciente, desses que parecem Deus ao investigar cada pensamento de seus personagens. A primeiríssima vez em que abusei desse poder foi agora, quando ela parou de digitar a história do gigante e nos deixou na mão, justo quando estávamos ansiosos pela conclusão. Pode ser um pouco antiético ler a cabeça dos nossos personagens sem pedir licença, mas Kátia, só com duas dimensões, nunca vai desconfiar que sabemos tanto sobre ela. Não resisti, queria saber logo o final, e agora está feito, é tarde demais para sentir remorso.

Não tenho a menor pista do que acontecerá com a Kátia no futuro próximo, sei apenas que sentirei saudades dela. Tanto *Gigante do pau grande* quanto *Kátia Berlusqui* se encerram aqui, e voltamos para a dimensão da *Realidade*.

Enquanto Marlon atravessava o Mediterrâneo, no plano da realidade o tempo também foi passando, já posso atualizar com fatos novos. Vou contar o que houve. Eu cheguei a perguntar o que Laura acharia de encarar o fetiche por travestis na minha companhia, em troca de uma safadeza a três. Nunca vou saber ao certo se eu teria vontade ou coragem de seguir o plano até o último segundo, mas a ideia ficou na minha cabeça com insistência o bastante para eu propor em voz alta. Laura-Fernanda-Amanda (é uma pena ela não me permitir o nome real, seria mais fidedigno se eu relatasse com maior precisão) disse que não queria mais me dividir com ninguém. Nem com homem, nem com mulher, nem com travesti. Disse estar satisfeita comigo. Deixou subentendido que até o relacionamento aberto ela já não quer. Eu vinha me preparando para a extravagância, me surpreendi com o convencional. Não digam que eu não avisei, ela tem reviravoltas mais abruptas que as de Kátia.

Ou talvez seja eu que, apesar dos meus esforços, não aprendi a me travestir tão bem e ainda não sei quando as mulheres estão falando sério ou brincando com as palavras. De qualquer modo, o que estou contando agora eu não podia prever quando escrevi as primeiras páginas da história em três dimensões, só agora sei como termina. Termina assim, com ela me contando que falou em *ménage à trois* para ver minha reação, mas sem a menor vontade de repetir as loucuras que cometeu no passado. Eu ainda tentei, como quem não quer nada, ao menos levá-la a um puteiro, nem que fosse para vermos uns inocentes *strips*. Ela parece estar realmente em outro momento, ela quer namoro, não se contenta mais com sexo casual. Afinal, já temos uns oito meses juntos. O que mata é a inércia, daí a bifurcação: ou passamos a ter algo mais sério, ou cada vez mais ousado. Se fosse apenas sexo, não queríamos cair na rotina, por isso as conversas sobre *ménage*, as provocações, os fetiches. A alternativa é a aposta no compromisso, em uma maior intimidade, dizendo aquele eu-te-amo que estava engasgado... Bem, ainda não tentamos, mas se Kátia e Giovani têm uma chance, por que não nós dois?

    Se este é um final mais caloroso e sutil ou mais decepcionante, cada leitor há de dizer. Anunciei desde o começo que o conto teria três dimensões, e especialmente em relação à terceira, eu não queria decidir apenas por critérios estéticos. Algum compromisso com o que ia acontecendo eu quis manter. Se alguém aí preferia o relato de duas surubas, uma com um travesti e outra com duas mulheres... bem, pode colocar a culpa na minha namorada, a realidade às vezes fica devendo. Acho que terminou menos chocante do que o esperado, mas se o chocante se torna esperado, também não interessa tanto assim, certo?

Não tendo sido dessa vez, dificilmente vou subir na mesma cama que um travesti. Também não sei o que será do meu relacionamento com a Laura. Quanto tempo vai durar é o que menos importa. Interessa que, enquanto durar, tenha mais dimensões do que uma mera imagem. Bem mais do que três e mais do que doze, pois quando o que se sente se torna localizável, já é faz-de-conta.

EXCURSÃO

> *Discutimos uns com os outros*
> *qual a destruição mais correta ou produtiva.*
> (em *Cronicamente Inviável*, de Sergio Bianchi)

Muito bem, estão todos aqui? Vamos lá? Antes de mais nada, peço desculpas aos mais idosos do grupo, por terem que tomar o teletransporte e suportar de pé as longas filas. Mas acredito que a visita a um dos poucos shopping centers preservados no mundo pode ajudar, e muito, a compreender o período que estamos estudando. Como eu disse na sala de aula, vou aproveitar este passeio pra retomar alguns dos conceitos que discutimos ao longo do semestre.

Vocês podem notar os amplos pórticos, os corredores reluzentes, as vitrines cuidadosamente decoradas. Seis andares repletos de lojas, lanchonetes, salas de cinema e até mesmo um parque de diversões para crianças. Podemos dizer que arquiteturas como esta, ao lado dos arranha-céus, foram as construções mais representativas do capitalismo do século XX, até meados do século XXI. Ao menos na minha opinião, um lugar como este carece do charme das pirâmides do antigo Egito, dos templos dóricos, dos pagodes octagonais chineses ou dos grandes palácios da monarquia europeia, no entanto, eram considerados dos locais mais agradáveis, pelas promessas de felicidade a crédito que traziam em seu bojo. No auge, este shopping movimentava verdadeiras fortunas em suas mais de trezentas lojas, com um público diário de centenas de milhares.

Este é um dos poucos que se mantiveram intactos, como um sobrevivente que poupassem para contar a história. Em um primeiro momento da revolução, este prédio foi ocupado pelos guerrilheiros, como todos os grandes centros comerciais, mas excepcionalmente não atravessou a fase quase obrigatória de destruição. A revolução nunca foi um movimento organizado, com lideranças sólidas ou planejamento minucioso, pois cada ataque e cada operação eram constantemente ameaçados por brigas internas. Discussões entre os militantes eram comuns, muitas vezes bobagens do tipo *Por que sua família ocupou a confeitaria e a minha ficou com uma lojinha de souvenires?* Isso acontecia com tanta frequência que a decisão a que chegaram, por meio dos fóruns virtuais, foi que o melhor seria destruir todo e qualquer bem que denotasse distinção social, dos pequenos objetos às grandes construções. Concluíram que seria a única maneira de eliminar as intrigas e mitigar a inveja. Acho que todo mundo aqui já visitou um prédio desses em ruínas e constatou a impetuosidade com que se quis apagar tudo o que remetesse à ordem anterior. Em especial durante a Década de Abandono, realizou-se uma espécie de gincana que envolveu uma parcela significativa da sociedade humana. Quem incendiasse mais *antros do consumismo inconsequente*, como eles denominavam, obtinha maior status entre os demais revolucionários. Não se falava de outra coisa nas redes sociais, estabeleciam até uma tabela de pontos, contabilizados de segundo a segundo. No entanto, decidiram preservar alguns poucos pontos e convertê-los em museus, para recordarmos o regime anterior.

Eu quero que todos imaginem este local em seus momentos de esplendor. Tentem, ao menos por alguns instantes, se colocar no lugar de seus frequentadores mais assíduos. Imaginem as pessoas bem vestidas e perfumadas percorrendo avidamente este saguão. Elas olham para os logotipos das fachadas com a mesma familiaridade com que olhamos para rostos amigos. A mesma comichão que nos impele a trocar novidades com as pessoas que nos são próximas os consumidores sentiam diante dessas vitrines. Uma vontade de se relacionar, não exatamente se relacionar com os empresários ou com os idealizadores dos produtos; era como se as próprias marcas fossem entidades dotadas de alma, célebres conselheiros da vida em sociedade. O cartão escorregando pela máquina de crédito era como dizer *A saúde vai bem, obrigado,* e o cliente saía da loja com novidades a comunicar pelo mundo: um vestido de uma nova coleção, um terno refinado, uma joia preciosa, ou até mesmo o filme que acabava de entrar em cartaz ou o brinde que a lanchonete distribuía junto ao sanduíche. Não era um sentimento tão diferente do que temos ao visitar um grande amigo e receber boas novas. Para as pessoas da época sem dúvida era viciante. Havia esse conforto superficial de saber que esses "grandes amigos" jamais falariam de problemas, nem dariam a impressão de envelhecer ou de adoecer. A única exigência que se sentia por parte dessas entidades, por parte das marcas, era a de que os clientes se mantivessem sempre atualizados, de que se inteirassem das novidades mais recentes.

Estão vendo estas roupas? Executivos e madames eram capazes de gastar em uma única tarde, somente com vestuário, o suficiente para alimentar famílias inteiras durante meses. Para nós, pode ser fácil dizer que os ricos mereceram a sepultura que cavaram, de tão estúpidos que foram, de tão inconsequentes em suas ações. Como é que a imaginação deles podia ser tão fraca, como é que não adivinharam que estavam estimulando uma reação incontrolável? Mas, estudando os ecos emocionais deles, notamos o quanto de insegurança havia por trás daquela arrogância, o quanto se deixavam enredar pela inércia. O sentimento dominante da elite era uma espécie de obrigação de ostentar, que crescia ainda mais à medida que o fim de suas mordomias se aproximava. Uma maneira torpe de não sentirem que estavam à beira do abismo — o que se provou completamente inútil, é claro, mas um estado de espírito quase inevitável. Tanto nos jornais e revistas quanto nas conversas privadas, eles diziam praticar uma competição saudável para o todo, tal como ocorria na natureza, e talvez quisessem ser como grandes leões predadores — vamos lembrar que naquele tempo ainda havia leões sobre a Terra. Se considerarmos as altas taxas de consumo de antidepressivos, concluímos que não se sentiam em equilíbrio nem com a primeira natureza, nem com a segunda (a da sociedade), nem consigo mesmos, mas seguiam, inflexíveis.

Vamos andando? Vamos pegar a escada rolante para o andar de baixo. Por favor, venham até aqui. Vamos parar um minuto nessa loja de eletrônicos. É claro que nada do que vemos aqui vai nos parecer muito avançado em termos de tecnologia, mas esses telões 3D já foram objeto de desejo de praticamente toda a população mundial. Não se passavam nem três meses antes que um aparelho ficasse obsoleto e os mais ricos corressem atrás dos novos como um jornalista atrás da última notícia. O que eu quero é que vocês reparem nas propagandas que esses televisores exibem. Não há como negar que muitos publicitários eram verdadeiros mestres da sedução. Eles preparavam os anúncios a partir de criteriosos estudos de comportamento, reforçando os vínculos entre consumidor e marca. Cenas ágeis, geralmente alegres, sempre associando o consumo a um estado de satisfação e uma completude impossíveis de se alcançar na vida real. Espiem um pouco, esses corpos bronzeados, bem torneados, os sorrisos de dentes perfeitos. Olhando assim, não parece que a vida era fácil, um mundo só com gente bonita e contente, como se nem existissem motivos para angústia?

O jovem casal pelo visto concorda. Muita gente na época concordava, acreditava que os ricos eram de fato felizes. Um ou outro talvez fosse, mas havia muito a se recalcar por trás daqueles sorrisos repuxados pela plástica. Não deixavam de ser vítimas de apelos ilusórios, por mais que também fizessem suas próprias vítimas, mantendo o ciclo destrutivo. A deterioração que os excessos dessa época provocaram sobre o meio ambiente se estendia a todos os níveis. Os animais perderam feio a competição contra o homem, que dizimou 98% das espécies existentes no curto espaço de duzentos anos. Não vou me estender muito nesse assunto, que já abordamos no início do semestre e na visita ao Museu de História Natural. A gente já conversou bastante sobre como era comum ouvir o barulho de pássaros pela janela. Por mais que isso desafie nossa imaginação, aprendemos que nossos tataravós ainda deparavam com pássaros nas cidades grandes, todos os dias, sem terem que ir ao zoológico.

Mas vamos voltar ao que eu vinha dizendo. O fato é que o desequilíbrio que o homem causou no ambiente social também foi extremamente destrutivo, de tal modo que a ruína estava sempre à espreita. Ninguém podia dizer que estava seguro. Os ricos nem precisariam de telepatia para perceber que estavam apenas adiando o inevitável. No fundo, eles sabiam que cedo ou tarde iriam sucumbir, mas faziam de tudo para manter o pensamento na superfície, implorando por distrações. A ostentação era um disfarce frágil para a insegurança, assim como a postura cada vez mais prepotente era sinal de decadência.

Virando aqui, temos os aparelhos biotrônicos. Cheguem mais perto, por favor. Nossos dados apontam que menos de 3% da sociedade teria dinheiro para adquirir qualquer um desses itens. Braços mecânicos vinte vezes mais fortes e precisos que um braço humano; exoesqueletos de titânio com resposta rápida; chips neuronais que ofereciam memória e velocidade de raciocínio equivalentes aos dos computadores mais avançados; e até mesmo microestimuladores genitais para potencializar o prazer. As pessoas vinham tranquilamente para cá, examinavam as próteses e agendavam as *cirurgias de aprimoramento*, como eles chamavam. É evidente que em um primeiro momento isso apenas agravou o abismo entre os mais ricos e os mais pobres. A diferença de renda se incrustava até mesmo no corpo. Como é que alguém nascido na favela iria competir nos vestibulares ou no mercado de trabalho com alguém que acessava todas as respostas em um nanossegundo usando as placas de silício no cérebro? Uma façanha virtualmente impossível.

O mercado de biotrônicos durou cerca de quinze anos. Alguns historiadores acreditam que esse prazo tenha sido calculado, ou seja, que os revolucionários teriam capacidade de agir mais cedo, mas optaram por esperar, estrategicamente. No início, as próteses não entusiasmavam com um apelo universal, pois nem todos que tinham poder de compra sentiam-se preparados para passar de homens a ciborgues. Alguns por motivos religiosos, mas a maioria por um apego pessoal ao corpo — afinal pra que amputar um braço saudável e implantar um pedaço de máquina? Então, não só a publicidade, como filmes e seriados de grande audiência bombardearam os telespectadores com imagens de ciborgues. O lobby era tão grande que já não se lançava uma única banda pop nos grandes circuitos sem um ou dois integrantes com membros implantados. De uma hora pra outra, parecia que todas as celebridades tinham suas próteses, de tal modo que foi se naturalizando a opção pelo artificial. Quinze anos bastaram para que o comportamento mudasse e esses implantes se tornassem o principal símbolo de status social. Quem não tivesse ao menos um dos braços modificado era menosprezado pela elite, era como não ter seu próprio carro flutuante: inconcebível. Então, quando finalmente todos os que estavam no topo da pirâmide social assimilaram os biotrônicos, aconteceu o que nós assistimos em sala de aula. Milhares de hackers fizeram um ataque coordenado de proporções globais. De seus computadores, comandavam a metade máquina contra a metade homem dos principais inimigos da revolução. Vocês viram no documentário: os chips neuronais eram invadidos por vírus que aniquilavam a vontade própria do alvo, obrigando-o a se matar ou a matar seus próximos; braços mecânicos apertavam a garganta de seus proprietários; usuários de exoesqueletos aderiam a batalhas no front oposto com o qual se identificavam. Foi a chamada Grande Ironia: o antigo sistema começava a ruir sob o peso de sua própria opulência.

    Antes de ir, sugiro pegarmos o elevador para apreciarmos uma vista panorâmica. Sem pressa, tem lugar pra todos. Quer ajuda, senhora? Um pouco de paciência, esse elevador é antigo, já não sobe com a velocidade de antigamente. Daqui temos uma boa visão das fachadas coloridas. Tão chamativas, pareciam aludir a um presente eterno. Hoje estas trezentas lojas compõem o cenário de uma derrota. A revolução não foi exatamente a vitória de uma ideologia, apenas o fracasso retumbante da outra, que atingiu seu limite pelo excesso. Difícil dizer se poderia ser diferente, se poderia ter havido mais diálogo e generosidade, de modo que os confrontos fossem evitados. No topo daquela cadeia alimentar já não se conseguia diminuir o ritmo, os monstros haviam crescido demais para viver com humildade. O que muitos daquela época pensavam ser vitalidade se revelou inércia, descarrilamento irrefreável, até que fosse tarde demais.

E vocês, o que me dizem?

REABILITAÇÃO

*Com as metáforas não se brinca.
O amor pode nascer de uma única metáfora.*
(Milan Kundera)

Bom dia a todos. Meu nome é Marcelo, tenho trinta e quatro anos, estou na Associação há dois anos. Após muita luta e coragem, tenho o orgulho de dizer que faz cinco semanas e dois dias que não leio uma única linha de literatura. No começo foi muito difícil, a compulsão falava mais forte, mas com o apoio de todos aqui presentes, estou conseguindo me recuperar desse vício nefasto. A guerra ainda não foi vencida, sei que a possibilidade de uma recaída está sempre nos ameaçando, mas o exemplo de vocês tem me ajudado a seguir o bom caminho para retomar uma vida digna em sociedade. Sou imensamente grato por isso.

Cada um aqui tem uma história pra contar, e cada história pessoal na verdade se abre em mil outras histórias, porque assim é o vício da ficção. Acho que no meu caso, tudo começou com cerca de seis anos de idade. Foi a professora da escolinha quem me introduziu nesse universo — lembro-me bem dela, Dona Gilda —, me presenteando com um livrinho ilustrado, bonito, sobre as aventuras de João no Pé de Feijão. Eu era uma simples criança que nada sabia sobre os perigos dessa vida. Não poderia adivinhar que um gesto tão simpático daquela velhinha de voz macia me levaria para uma trajetória de perdição que com muito custo tento agora deixar para trás. O livro colorido parecia tão inocente, e eu fiquei tão entusiasmado com o João, que não pude oferecer resistência alguma. Fui totalmente tragado pela magia dos feijões que crescem de um dia para o outro sem qualquer explicação, pelo castelo mágico repleto de maravilhas, e, como João, também eu quis derrotar gigantes e dedilhar a harpa de ouro. No começo parece tão bom, não parece? A gente se sente ótimo. Agora, o que mais me deixa revoltado... (ai, me desculpem pelas lágrimas, vou tentar ser mais forte)... o que até hoje eu não consigo entender é como que meus pais não me advertiram. Eu simplesmente não consigo perdoá-los por isso. O caso é que naquele mesmo dia, quando eles chegaram em casa depois do trabalho, eu comentei eufórico que pela primeira vez tinha lido uma história inteirinha, do começo até o fim. E que o João era incrível.

Eu tenho um filhinho pequeno, de dois anos de idade. De uma coisa eu tenho certeza: se um dia meu filho ler um livro desse tipo e me disser que *João é um cara incrível*, eu vou responder que é esse o problema. *Incrível*. Meus pais perderam a oportunidade de me colocar nos eixos e permitirem que o faz-de-conta ganhasse espaço na minha vida. Posso dizer até mesmo que... (suspiro) eles ficaram contentes com esse meu "aprendizado". Disseram que eu estava crescendo. Não é um absurdo? Ali estava eu, pobre criança que se deixou arrebatar pelas ilusões, por uma historinha que nunca existiu, uma mentira descabida, e eles tiveram a pachorra de dizer que eu estava aprendendo, e que eles estavam muito orgulhosos de mim. Será que eles não sabiam que é assim que tudo começa?

A coisa foi crescendo, em pouco tempo eu perderia o controle. Não demorei muito para ler todos os contos de fadas da biblioteca da escolinha, e como se isso não bastasse, logo em seguida descobri Monteiro Lobato. E, é claro, eu vibrava com as caçadas de Pedrinho, achava Emília uma personagem encantadora e tinha vontade de ir com Narizinho ao Reino das Águas Claras... Dona Benta, então, me era tão querida quanto minha própria avó. São recordações que parecem doces, e eu já vejo no rosto de vocês aqui, meus parceiros nessa luta, um ar de nostalgia — mas nós precisamos ser fortes. Naquela época, não tínhamos a menor noção do perigo que corríamos, mas hoje nós temos consciência. Tudo estaria bem melhor agora se fôssemos como as crianças normais, que passam horas na frente da televisão ou jogando videogames.

Com menos de dez anos eu já estava desencaminhado, e nem sequer suspeitava. Eu devorava pilhas e pilhas de livros de aventura, das viagens de Gulliver às expedições para Marte, sem falar na paixão que eu tinha pelo suspense da Coleção Vagalume. Quando, alguns anos depois, a escola nos obrigou a ler Machado de Assis, todos meus colegas torceram o nariz, acharam muito difícil ou chato, mas infelizmente não pude sentir o mesmo desprezo. Para mim, que já era um viciado, aquilo foi simplesmente uma dose mais forte de algo que já havia tomado conta do meu sangue. Não havia mais volta: a acidez daquele bruxo transformou meu olhar, e eu já não podia mais ver as máscaras sociais em sua tranquilizante superfície. Não, o Machado me acertou em cheio! Dali em diante, passei a ter um impulso irresistível para desconfiar das aparências, para desvendar a hipocrisia das relações pessoais, para destrinchar o que há por trás dos discursos oficiais. Nem mesmo o médico Fortunato, cuja profissão consiste em ajudar as pessoas, foi poupado por aquele homem tão brilhante e tão ardiloso. Hoje me pergunto, como é que pode uma escola ensinar algo assim? Eles deveriam primar pela comunhão entre as pessoas, pela civilidade, e em vez disso nos oferecem um curso completo de sarcasmo que nos pega desprevenidos. A coisa só iria piorar. Li *Crime e castigo* vibrando com Raskólnikov, um pérfido assassino; li Bukowski com enorme respeito por um bêbado, só porque ele descreve a miséria com um certo charme; li *Lolita* e achei magistral uma narrativa indecente sobre um pedófilo. E ainda fiz amigos que me incentivavam a ler cada vez mais! Um pior que o outro, é claro. Estavam todos certos de que a glória da literatura é não ter os limites que nos impomos na realidade, e eu, ingenuamente, concordei com eles.

Quando atingi a vida adulta, a literatura já se tornara uma compulsão. Ao menos tive o bom senso de não cursar a faculdade de Letras, mas, advogado recém-formado, eu cumpria meus deveres o mais rápido possível e reservava horas inteiras à fantasia, para assim escapar do mundo real com todos seus problemas. Continuei a encontrar com meus amigos leitores, e mal sabíamos manter a conversa no clássico futebol, mulher e piadas sujas: todo encontro descambava para as nossas leituras, para nossos escritores prediletos, sem o menor pudor. Parecia uma doença! A literatura começou a transformar minha escala de valores a tal ponto que a mulher que eu idealizava era ninguém menos que Sherazad. Acreditei que a esposa perfeita seria ela, porque saberia me contar inebriantes histórias por mais de mil e uma noites. Mas creio que eu também teria sido o pobre K., do *Castelo*, e me deixado escorraçar de bom grado por Frieda; eu teria sido Swann e amado Odette sem arrependimento algum; eu teria sido Riobaldo e me apaixonado em segredo por Diadorim. Eu desejava uma vida impossível e absurda, desde que tivesse a mesma intensidade que eu encontrava nos meus romances prediletos. Pouco importava que o final fosse triste, pois o que me parecia decepcionante era o lugar-comum, a falta de poesia.

É claro que pensando assim eu só poderia me tornar um desajustado. Nenhuma namorada me fazia feliz, porque eu sentia sempre que lhes faltava algo, uma aura especial sem a qual me pareciam desbotadas em comparação com minhas personagens preferidas. E aí está o erro, pois desbotadas só podem ser as criaturas que habitam a celulose, presas entre a capa e a contracapa. Eu bem que deveria me conformar com as maria-gasolinas que estão sempre à mão, essas que se pode trocar constantemente sem pensar duas vezes, pois com elas jamais sentimos que se perdeu grande coisa. Eu deveria ser como todo homem saudável, mas não. Eu preferi ser romântico e procurar alguém que me despertasse um amor maior que a morte, tal como o de Romeu e Julieta. Não poderia dar certo. Também no trabalho, eu fui muito aquém do que poderia, pois eu estava mais preocupado com matérias do intelecto e do espírito do que com as coisas palpáveis. Desperdicei minha juventude com essa bobagem. Eu teria força para trabalhar quatorze horas por dia, se eu não achasse mais importante adquirir cultura do que dinheiro. Ponho toda a culpa nos livros que li, sendo que tudo começou com aquele maldito *João e o pé de feijão* que uma professora me ofereceu com insidiosa doçura, tal como se oferece droga disfarçada numa balinha de coco.

Desculpem-me, eu não queria me exaltar. Se apenas eu tivesse encontrado mais cedo alguém como vocês para me aconselhar... Felizmente agora estou em boa companhia, tenho em quem me espelhar. Por exemplo, o Guigo, aqui presente, que compreendeu que toda poesia de que precisamos está na bula do Prozac. Ou como o Leonor, que desde que abandonou a literatura conseguiu se focar em objetivos mais altos, e em breve vai conseguir seu primeiro milhão. Ou como o Marcão, que todos conhecem bem, e que tem conquistado o triplo de mulheres desde que deixou para trás a sensibilidade refinada, bem sabemos o quanto isso costuma atrapalhar.

Infelizmente, eu não tive a sorte de encontrar amigos como vocês mais cedo e me deixei levar por uma infinidade de sonhos inúteis. Tenho ainda um longo caminho pela frente. Hoje eu possuo mais cultura do que dinheiro, e não existe banco algum que faça a conversão. Sinto-me deslocado em todas as festas do pessoal do trabalho, porque meu assunto favorito sempre foi, por muitos anos, livros. Ainda não consigo me acostumar com os programas de tevê mais populares, mas sei que só quando eu tiver me habituado à sabedoria humilde das emissoras, poderei me sentir à vontade com as pessoas mais respeitáveis. Ao menos já não ouço mais as reclamações da minha esposa, que antes ameaçava com o divórcio se eu não parasse com a mania de dar valor ao que não leva a lugar algum. Ela é uma pessoa normal e saudável, tanto quanto eu quero ser. Por isso que estou aqui. Sei que meu caso é grave, mas já faz cinco semanas e dois dias que eu não leio uma linha de literatura, e com a ajuda de vocês, sei que posso me livrar desse mal. Obrigado a todos, era isso o que eu tinha para dizer.

VLADJA

Sproing, sproing, sproing. Ele costumava brincar assim com meus cabelos, o Goran. Brincava com minhas molinhas, deliciava-se com esse *sproing, sproing, sproing*, e ria e dizia que eu sou linda. Eu lhe retribuía com um pequeno murro no braço, bem fraquinho, de brincadeira. Deixava que ele me beijasse o pescoço e mordiscasse meus lábios. *Você é a criatura a mais querida de todas*, me dizia. Me puxava pela nuca, imprimia um beijo ardente, como só ele sabia fazer. Ninguém jamais me amou daquela maneira, conquistando-me a cada dia, fazendo meu sangue ferver sem qualquer piedade. Na cama, realizava todos meus desejos, cada fantasia minha. *A mais querida de todas, a mais maldita*. Goran. Você foi meu anjo, você foi meu demônio.

Uma vez eu pedi, ele gravou o nome nas minhas costas, com uma faca quente e alguns ml de tinta na ponta. Machucou um pouco, eu não esperava que sangrasse tanto, mas me segurei firme para não gritar. Até hoje ainda dá para ler um pouco do *G* e uns tracinhos do *A*. Foi uma tarde engraçada: uma dessas máquinas-vigilantes que farejam sangue entrou de repente em nosso quarto, fazendo mil cálculos para averiguar se estávamos ou não no meio de uma briga. A maquininha ficou um bom tempo nos encarando da beira da cama, sem decidir se deveria nos interromper ou nos deixar em paz. Uma coisa que o Sistema nunca vai entender é o que é o amor, e o que o Goran estava fazendo nas minhas costas era a marca da nossa maior vitória, o gesto mais profundo da nossa união. Tudo que é bom e intenso pede um sacrifício, não se pode explicar isso a uma placa de metais que não pensa e não sente nada. Rimos muito, eu e Goran, enquanto o robozinho analisava nossos batimentos cardíacos e demorava para entender se dois corações acelerados como aqueles eram sinal de conflito ou de prazer. Apitava estridente, zunia, não se decidia como interpretar aquele sangue que se esvaía, e por alguns instantes pensei que fosse nos apartar. Nem mesmo medindo nossas pulsões primárias a máquina chegou a uma conclusão, porém ao olhar para nossas pupilas, dilatadas, constatou um sinal de nossa paixão mútua e nos liberou. Não sem antes esticar sua pata metálica e congelar os sulcos que me enfeitavam a pele, para estancar o sangramento. Aplaudimos efusivamente nosso intruso: a intenção da máquina era nos interromper, mas com esse toque final a tatuagem ficou perfeita.

    A marca de um nome na ponta de uma faca, os rastros que as unhas deixam sobre a pele, ou mesmo um longo beijo em que um pouco de sangue se mistura, como fizemos uma vez, solenemente. Nada disso me parecia doloroso, pois era sempre um sofrimento poético. Eram rituais, os mais intensos. *Você é pura poesia, Vladja. Poesia maldita.* Goran acreditava muito em Deus, achava que quanto mais belas as nossas vidas, mais Ele nos amaria. Venerávamos nosso Deus, sentíamos sua presença, o Supremo Esteta, dramaturgo de nossas vidas. Eu também entendia dessa maneira, sentia que o Universo nos observava e nos aprovava, porque agíamos com prodigiosa verdade. Nossa paixão e nossa entrega tinham origem divina. Ninguém mais precisaria entender, nem nossos pais, nem nossos amigos, era como se tivéssemos nossa própria maçonaria, com milhares de pequenos segredos que ocultávamos e resgatávamos todos os dias.

Por isso foi tão doloroso quando ele se foi. Alguma coisa se rompeu por dentro de mim, de um segundo para outro meu universo decaiu. Nunca entendi muito bem por quê, até hoje não consigo assimilar. Diz pra mim, o que foi aquilo, Goran? Queria tanto te encontrar aqui, ao meu lado, para entender, para você me explicar. Foi de repente, disse que teria que viajar por dois dias ou três, que precisava tomar o próximo transporte. Fez as malas apressado, ansioso para se despedir logo. *Vai sair em uma hora.* Evitava olhar nos meus olhos, ele que me cobria de atenção o tempo todo. Comecei a entender que ele fugia de mim, pedi: *Goran, olhe nos meus olhos,* mas ele se esquivava, empurrava as roupas dentro da mala, murmurava qualquer coisa incompreensível. Ele não me contava para onde iria, apenas que era urgente e que voltaria logo. Quando enfim olhou pra mim não foi meu *sproing, sproing,* foi um cafunezinho bem morno, apaziguante, igual se faz com uma criancinha assustada. Nunca me tratou daquela maneira antes, eu fiquei aflita. Tentei impedi-lo de ir, ele foi impassível.

Foi então que cometi o primeiro erro. Eu precisava saber se ele ainda me amava, empurrei-o com força, contra a parede, antes de perguntar, e o agarrei pelo pescoço. O coração dele batia apressado, percebi que o machuquei, o compasso surdo foi me enchendo de angústia. Eu sabia que segurá-lo daquela forma não faria dele meu prisioneiro, eu só queria uma resposta. E eu não podia ler sua mente, sempre fomos cuidadosos em relação a isso. Não se invade a cabeça de alguém que amamos, não é para isso que serve a telepatia —

caso contrário não nos comunicaríamos tão à vontade com nossos corpos. *Fique tranquila*, Vladja, ele disse, gemendo um pouco. *Eu volto pra cá. Eu te amo.* Sua pupila estava dilatada. Não era mentira, ele ainda me amava. Apesar de toda minha violência, de meu jeito brusco, apesar de não merecer, ele ainda me amava.

Eu me arrependo muito, Goran, de te machucar. Não deveria ter feito assim, não foi um gesto bonito. Mas eu precisava, você era tão necessário quanto o ar ou a água, e naquele dia eu segurava nas mãos minha própria vida. Te pegando pelo pescoço eu parava você, você não fugia de mim, eu conservava alguma coisa daquilo tudo que foi nosso, só nosso, daqueles muitos momentos de prazer vibrante, em que meu corpo faiscava repleto de luz, em que o pior inverno se tornava verão radiante e tudo se desfazia em poesia carnal, dueto voluptuoso. Eu não queria que terminasse de maneira tão trágica, eu não queria que fosse assim. Goran, meu paraíso ao alcance das mãos, o homem que me ensinou tantas suavidades e a quem eu retribuí com meu próprio horror. Meu *Guti-guti*, meu homem querido, não fui nem um pouco justa, eu sei.

'Ah, Kyoko, você se lembra como ele era carinhoso? Você lembra, não lembra? Ele foi bom contigo também, não foi? Ai, Kyoko...' Ela não me responde nunca, não fala mais comigo. 'Ele foi a pessoa mais especial de toda minha vida, Kyoko, sinto demais a falta dele. Se você entendesse o quanto eu ainda o amo, ainda hoje, tenho certeza de que me perdoaria.' Eu já entendi, tá bom, ela não vai responder, não vai falar comigo. 'Nós não somos mais amigas, eu entendi, não quero incomodar a Kyoko, não posso fazer isso.' Ela sempre foi boa comigo, não quero que ela se irrite. O problema maior aqui (problema visceral, porra) é esse tédio me sufocando. Nada mais difícil do que ocupar o tempo, na situação em que estou... Eu perdi tudo, a única coisa que tenho de sobra é o tempo. Aqui, nessa prisão semiabandonada, sem amigos, sem distrações, sem nada que fazer. Eu bem que deveria ter pensado nisso antes... que eu não conseguiria matar o tédio. Me esqueci disso, o tempo persiste, parece óbvio, mas eu só pensei nisso depois, quando era tarde demais. Afinal, Chronos é um deus, com muito esforço a gente apenas resvala na pele de um deus, enquanto os homens ficam para trás.

    Goran, Goran, gostaria tanto de saber onde você está... Tudo que me restou de você é essa pulseira, que eu teci com tanta paciência e carinho, usando teus fios de cabelo. Ao menos um pedaço de você pertinho das minhas veias, contaminando minha pulsação, para eu não me esquecer nunca de você, jamais. Espero que exista um outro lugar, uma outra vida, melhor do que essa, onde eu possa te reencontrar, receber de novo tua luz, me desfazer em amor mais uma vez. Com sorte, por toda a eternidade. Não sei se você iria me perdoar, se poderia entender o que foi que eu te fiz. Não sei o que você diria para mim, nem mesmo se saberíamos nos amar depois da vida, sem os corpos, somente luz. O que eu sei, e ninguém pode duvidar, é que ninguém jamais te amou como eu. Não foi por outro motivo que eu te matei. Ah, meu querido...

    Por isso que me mordo de raiva ao me lembrar do julgamento. Teve um cidadão que não acreditou, não parava de repetir: *Isso não é amor, minha senhora, isso não é amor.* Duplamente me irritou: me chamando de *minha senhora* e por duvidar da pureza dos meus sentimentos. Um senhor de meia-idade, feio de corpo e de alma, pelancudo, cheio de dentes tortos. O que um sujeito assim pode saber sobre o amor? Não lembro nem o nome dele, mas é a pessoa que mais detesto nesse mundo, por duvidar que meu gesto cruel não deixou de ser um ritual, o maior de todos, o de maior entrega. Amor e morte, os dois juntos guiaram minha mão.

Tua mãe, Goran, ela não dizia nada. Chorava, eu sei, e eu também chorei muito. Tua mãe não saía mais na rua sem os óculos escuros. Ela se recusou a prestar depoimento, estava em estado de choque. Ela disse que nós duas nos dávamos bem, que não esperava nada desse tipo. Não se pronunciou além disso. *Ela era uma ótima nora, eu nunca teria imaginado. Eu gostava dela, posso dizer que nós éramos amigas, até o dia que...* e caía no pranto, não terminava nunca a frase. Era inútil fazê-la depor, ela não concluía. Não consigo esquecer da cabeça baixa, da voz que mal se ouvia, vacilante, tímida. Nem gosto muito de pensar nisso, fico com pena da minha sogra, ela nunca iria entender.

Algo que me pergunto, que me pergunto sempre (a única pergunta que importa, na verdade), não é por que eu matei o Goran, isso eu sei muito bem. Só me pergunto se eu não deveria ter ido junto, logo na sequência. Porque rasgar a garganta dele com uma faca não foi pecado, eu sei que não, foi amor querendo desaguar. Você não podia ter me abandonado, Goran, e eu sei que você ainda me amava. Cometi um crime, mas não foi pecado. Seu nome estava gravado nas minhas costas. Nossas lembranças ainda zuniam na minha mente, aquele gesto foi o único que daria sentido ao abandono. Você se foi, meu amado, porque já não queria mais viver. Não aguentava mais a vida, nós dois juntos éramos intensos demais. Felicidade demais pode ser quase insuportável, e você preferiu partir, deixar tudo para trás, em vez de se lambuzar todo de uma pureza que o organismo mal compreende. No fundo você queria morrer, eu te ajudei.

Acho que você iria concordar. Se por acaso me ouvisse, se conversássemos serenamente. Talvez esteja me ouvindo de um outro lugar, não sei. É essa conversa que eu queria ter agora contigo, essa conversa repleta de uma paz quase impossível, com os afagos de quem não tem mais mundo — seja porque está morto, seja porque está preso.

Durante meses eu pensei que você iria voltar para casa, que o transporte te traria de volta. Guardei minha esperança intacta por muito tempo, porque vi, minutos antes de você partir, que seu coração ainda tinha calor, que ainda tinha desejo, e eu achei que você não aguentaria viver sem mim. Porque o mundo sem tua Vladja, sem tua louca predileta, não faria o menor sentido. Eu era tua musa, parceira e serva, por isso não entendo como você pôde. Não entendo! Que outras coisas poderiam te satisfazer? Como é que você iria preencher os dias, se o que tínhamos era a união mais perfeita? O que poderia te saciar?? Uma outra mulher? Um emprego? Amizades novas, paisagens, estudos? O que poderia ser? Até hoje não consigo imaginar, não me faz sentido.

Passou muito tempo. Meses. Fiquei muito tempo te esperando, antes. Até que desisti. De te respeitar. E quebrei mesmo nossa promessa: aquela de nunca lermos os pensamentos um do outro. Eu precisava saber, não havia escolha, precisava saber o que você sentia.

Ah... Me sinto sozinha demais nessa jaula. Não tem nada o que fazer. Abro uns arquivos para ler, logo me entedio, um tédio que oprime. Mesmo o Roger Hakas, meu escritor favorito, já não me atrai mais. Detestei o último conto dele, *A aldeia dos índios Tympi*. Um conto de humor muito esquisito, cheio de adultos agindo como crianças. Mais cedo ou mais tarde, todos nossos escritores começam a fazer humor. É aquela conversa de sempre, já ouvi mil vezes: *A única profissão em que o homem ainda supera a máquina é a de humorista. Qualquer outra atividade é mais bem realizada pelas máquinas.* E é claro que eu adoro rir, queria muito soltar gargalhadas sonoras a ponto de comover até mesmo os robôs, mas não estou conseguindo... Nós ríamos tanto, até mesmo minha sogra ria conosco, ela tinha um riso fácil... Mas nesse momento eu precisava ler alguma coisa violenta, que me rasgasse toda por dentro, que me arrepiasse desde a nuca, só assim pra vencer o tédio que esses muros impõem. Só assim, uma pequena tragédia pra eu sentir alguma coisa, qualquer coisa, por favor, menos o tédio!

Mas você, Goran... o que você sentia? Me responda, se puder me ouvir! O que você sentia, o tempo todo, desde que me largou, e mesmo quando a gente sentou pra tomar um café e tentou conversar uma última vez e a cada frase minha, a cada toque meu na tua mão? Era medo, querido. Você me disse um dia que a gente não pode ter medo da vida. Você me disse isso, disse mais de uma vez que não se pode viver como um covarde, que é melhor a morte. Mas naquele último dia era possível farejar seu medo como um vigilante fareja sangue. Eu te libertei do medo, não foi isso que eu fiz? Você merecia uma vida mais corajosa, e a gente começou no caminho certo, tava tudo perfeito, antes de você pegar aquele caminho sem volta. Eu te coloquei de novo nos eixos, você merecia um momento heroico. E teve. Porque você não resistiu, você aceitou. Não foi assim? Você soube, naquele momento, que precisava se despedir de tudo, absolutamente tudo, porque eu era a tua vida e você renegou. Você aceitou tua morte, Goran, nem sequer reagiu quando eu puxei a faca. O que você me diria, se pudesse falar comigo agora nesse momento?

Louca, só pode ser louca. Aquele velho não parava de dizer isso. Ninguém no tribunal popular aceitou, ninguém pensou por um único segundo que eu fiz exatamente o que você queria e precisava. Eles são capazes de absolver crimes de vingança, quem sabe até serem compreensivos com um criminoso político, já vi isso acontecer. Com os doentes mentais, eles costumam ter um mínimo de parcimônia. Mas a mim consideraram um monstro. Porque meu assassinato fere tudo aquilo que eles entendem por amor. *Isso não é amor, Vladja, é doença*, me disse o Senhor Pelancudo. Ah, velho asqueroso, não sabe nada da vida, minha resposta foi perfeita. *Meu caro*, ah, sim, *meu caro*, um brinde à ironia, velho nojento, *meu caro*, *não separe as coisas desse modo. Amor sempre foi saúde e sempre foi doença*. O Pelancudo vomitou um discurso interminável, os outros só tiveram o trabalho de concordar. Eu mostrava minha pulseira, que trancei tão diligentemente, os fios dourados do cabelo dele, que jamais deixei de usar. Mostrei também a tatuagem com seu nome nas minhas costas. Não os comovi nem por um segundo. Julgamento rápido, eles não precisaram pensar muito para me condenar, era o esperado. E agora eu tô aqui, na bosta dessa masmorra. Mas o que eu fiz foi tão inevitável quanto a eclosão de um terremoto. Não se controlam as forças da natureza, eles deveriam saber.

Ah, Deus, ah, meu Deus. Eu era tão fiel a ti, e é assim que me pagas? Me tornei uma piada de mau gosto, chorando aqui, sozinha, patética. Eu, que sempre conduzi minha vida com o máximo de beleza, eu que somente quis agradar ao Senhor, a nosso deus, o Supremo Esteta. És o Supremo Esteta, não és? Aquele que ama o belo, aquele que faz da vida o maior espetáculo, aquele que concebe o homem como artista completo. O Supremo Esteta, não? Como nos ensinam nos templos? Ilumina-me com a razão: como pudeste interromper a coragem de Goran? Por que o fizeste partir? Ilumina-me, pois não compreendo, definitivamente não compreendo. Por que não nos cobriste de glória? O que fizemos para te desagradar? Responde, eu imploro! Cada noite de amor que tive com Goran foi como um ritual, uma celebração da poesia e da imaginação. Nós nos amávamos com a intensidade de quem sente o olhar do Universo roçando a pele. Éramos devotos como ninguém, Senhor, não há dúvida! Para que nos arremessar em uma armadilha fatal, se servo algum seria mais fiel do que nós? Por quê? Quero saber!

Ou preferiste assim, talvez?... Amor e dor, rima barata, mas que há milênios tem escrito as melhores histórias. Preferiste assim, só pode ser... és um deus cruel e genioso. Um canalha, esse nosso deus. Capaz de trair o súdito mais fiel em nome de uma peça sádica.

'Canalha, Kyoko, Deus é um canalha! A culpa é dele, do Supremo Esteta, você deveria me perdoar. Foi Ele quem tirou a vida... foi Ele... Ele tem o poder de dar a vida, e se regozija em tomar de volta. O Supremo Esteta se diverte com nosso sofrimento, só pode ser essa a explicação. Eu aqui, presa, sem recurso algum para escapar dessa cena ridícula, dessa agonia... Deus canalha!'

Mas não! *Non, no, nein, nope*! Não quero chorar. Não vou chorar mais, chega! E pensando bem, que morte poderia ser mais bela do que a que eu dei ao meu Goran? Como poderia ter sido melhor? O Supremo Esteta deve estar contente, tenho que ficar tranquila, tenho que ficar tranquila. Goran morreu porque amou demais. E porque foi muito amado. Romeu e Julieta no século XXIII. Era sentimento demais para o mundo terreno, somente atravessando a matéria, estendendo-se até a morte. Isso é belo. A feiúra é que eu sofro além da medida, não mereço esse castigo. Eu só queria o amor eterno, e o que eu tenho é miséria e mais miséria.

'Me deixa em paz, Vladja! Me deixa em paz! Já chega o que você fez.'

'Quem é? A Kyoko?'

'É claro, quem mais? Me deixa em paz, Vladja, por favor. Não faça mais contato comigo. Nem por telepatia, nem pelo computador, nem por telefone, nada!'

'Fale comigo só um minuto, por favor... É tão difícil aqui, nessa jaula.'
'Você merece estar na jaula.'
'Ah, Kyoko, não fale assim. Eu não pude me controlar, foi mais forte do que eu, não foi minha culpa.'
'Você não tem limites, Vladja, todo mundo precisa de limites...'
'Eu preciso muito de uma amiga como você, Kyoko, como você era antes, quando você me entendia...'
'Não sou mais sua amiga. E não te entendo mais.'
'Não fale assim...'
'Tudo tem seu limite.'
'Até o amor?'
'Até o amor, é claro.'
'Mas foi tudo tão inevitável...'
'Você nem mesmo se arrepende, não é? Quem sabe até o final da tua pena, você vai ter tempo pra refletir.'
'Ah, Kyoko, eu sinto a falta dele, muito mais do que você... Você nunca o amou tanto quanto eu. Você nunca sentiu o que eu senti...'
'Adeus, Vladja. Só te peço pra me deixar em paz.'
Ah, Kyoko, Kyoko, por que ela faz isso comigo? Sempre assim, todos os dias, não aguento mais. Olha como eu tô, molhei todo o rosto, não aguento mais... Eu precisava tanto dela, ela só entra em contato pra me humilhar, não sabe o quanto eu tô sofrendo. 'Kyoko, eu paguei muito mais do que eu devia. Você não faz idéia do quanto eu tô sufocando aqui dentro! Você não sabe.'
Não adianta. Amanhã ela faz contato de novo, como sempre. Trinta segundos me massacrando, sem uma única palavra de consolo, todos os dias. Só isso. Trinta segundos diários de penitência... como se a Kyoko fosse pura, como

se ela tivesse algum direito. Não tem. Ela nunca gostou do Goran tanto como eu, o coração dela é de gelo. Ela é de gelo, percebeu que Goran tava se apaixonando por mim, e eu por ele, mas não se importou. Terminou com ele, uma semana depois quis brincar de cupido, achou que formaríamos um casal bonito. *O que você acha da Vladja, Goran? Eu não tenho ciúmes, pode ficar com minha amiga.* Foi ela quem propôs, ela quem insinuou, ela quem armou o jogo e nos amaldiçoou. Kyoko, insensível. Eu nunca entendi como ela pôde. Jogar o homem de olhos mais brilhantes do mundo nas mãos da melhor amiga, deixá-lo ir, desfazer-se de algo tão precioso. Não é à toa que ela perdeu Goran. Perdeu porque quis, porque se cansou. 'Então, minha cara, você não tem os mesmos direitos que eu. Sou eu quem choro a perda dele, porque você nem sequer o perdeu, você jogou fora. É você quem não consegue entender...'

A faca na garganta, o corpo caindo de lado. Tudo o que eu queria era um abraço dele, bem apertado. Por que não me deu, se nós dois queríamos? Preciso de calor humano, não tem nada parecido por aqui. O sangue dele se misturou com o preto do café. Akh! Uma aflição, que coisa ruim de lembrar! Eu não pude me controlar, não era para acabar assim. Akh! O corpo parado ali, no chão, sem pulso, coração parado, os olhos mortos. Não, não é isso o que eu queria, ninguém acredita em mim, eu só queria um pouco de vida. Eu... eu preciso parar de pensar nisso... preciso parar de chorar.

— Que foi, Vladja, você tá bem?
— Não, Balu, eu nunca tô bem, você sabe disso.
— Tente dormir um pouco. Já são três da manhã, descansa. Não demora muito as máquinas vão nos acordar.
— Que diferença faz, Balu, o dia de amanhã? Tudo o que eu mais queria tá morto!

— Descansa, Vladja. Amanhã a gente vê um filme, faz ginástica, conversa um pouco com as outras meninas.

— Pra quê, Balu? Eu só me pergunto por que não fui junto, o que é que eu tô esperando!

— Vladja, eu vou dormir, não vou falar contigo agora, não. Amanhã a gente conversa.

Dorme, Balu, que diferença faz? Dorme aí, tranquila. Você aguenta essa prisão muito melhor que eu, não é? De vez em quando agarra uma menininha mais delicada, não sente falta dos homens. Sorte tua, Balu, eu já não aguento nem rir das tuas piadas. Dorme aí, tranquila, nem queira saber o que eu penso de você. Tenho pena. Esse sorriso fácil, parece até que se esquece que estamos numa cadeia. Parece até que prefere estar aqui do que lá fora. Se todos fossem como você, não haveria nada que presta, seria o mundo inteirinho uma enorme prisão. Mas pra você tá tudo bem, você se adapta, você se conforma. Um roubo de drogas, crime leve, nem tua consciência tá pesada. Ninguém vai te odiar visceralmente, ninguém vai te considerar um monstro. Você roubou uma ou outra ração de cocaína pra consumo próprio, quando sair daqui vão te perdoar. Acho até que você vai sair daqui mais pura do que quando entrou. Vai largar o vício, vai estar mais velha e madura, e tem toda uma coleção de namoradas aqui na prisão, pode até se casar com uma delas, daqui um ano ou dois. Eu não. Tenho vinte anos para cumprir. Mais de sete mil dias.

Eu preciso de uma bebida. Uma bebida, isso me cairia bem. Um pouco de vodca, quem sabe. Mas entorpecer é impossível aqui dentro. Eles nos querem sóbrias, querem que a consciência nos torture. Porque é esse o castigo. Não são as brigas, não são as disputas, não são as máquinas nos dando ordens, distribuindo choques quando não cumprimos alguma regra. Tudo isso é banal, não tenho medo de nada do que se passa por aqui, não tenho nada a perder. O desafio, o maior de todos, é a consciência. Uma palavra girando na outra, uma imagem se enganchando em outra e formando um jogo infinito. Isso sim pode levar à loucura, isso sim é um risco sério. Todo cuidado é pouco, tenho que estar forte. Tenho que parar de sofrer, preciso me concentrar num objetivo, se eu quiser continuar. Sem uma meta eu não vou conseguir cumprir minha pena, meus vinte anos, não vou conseguir...

    E eu sei, no fundo, por que é que eu estou viva. Eu sei por que ainda não arranquei minha vida, por que aguento tudo isso. Tem um motivo muito bom para eu ainda estar respirando, Julieta sem Romeu, suportando tantas injúrias. Eu jamais poderia evitar o que eu cometi, o crime infeliz, e não havia outra sentença a não ser a de culpada. Mas ainda não é esse o desfecho. Eu sei que não é, Deus tem planos melhores do que esse, eu sei que tem.

    Amanhã mesmo, logo antes de dormir, vou pedir para a Balu: *Balu, me faz prometer uma coisa?* É assim que eu vou pedir para ela. Ela vai sorrir com todos os dentes, vai até estranhar minha delicadeza. Eu vou deixar ela perceber esse meu lado, não quero ser guerreira o tempo todo, preciso de ao menos uma amiga, uma confidente. Vou mostrar meu lado mais doce pra ela. *Balu, você guarda um segredo meu, me ajuda a manter uma promessa?* Ela pode até pensar que eu quero o amor dela, vai ver nos meus olhos um fogo de paixão. Mas não é amor por ela, vou deixar isso bem claro para não confundir as coisas. Eu vou, amanhã, fazer um juramento pra Balu. De que eu saio dessa prisão com vida. Vinte anos de sofrimento, mas eu vou suportar. Eu vou sair daqui, quero poder visitar o túmulo de Goran assim que eu ganhar minha liberdade. Goran, que ainda amo tão forte quanto no dia em que gravou o nome nas minhas costas. Goran, que eu amarei para sempre, com ternura, com fúria, com fervor, cuja memória honrarei. Visito teu túmulo, presto minhas homenagens. Meu plano continua, no dia seguinte me cadastro, vou trabalhar para o Sistema. Professora, repórter, artista circense, médica, humorista, pouco importa, só preciso juntar crédito, levar meu sonho adiante.

Tenho de tomar o máximo de cuidado, não posso perder essa pulseira. Preciso guardá-la comigo, eu sei que vou conseguir. A pulseira que eu trancei vai ficar em meu braço, por mais de vinte anos, sem se desfazer. Guardarei os fios de cabelo, por mais frágeis que pareçam ser, sem deixar desatar o nó. Porque aqui está a semente, está o código de meu amado, e a ciência vai me ajudar. São esses fios de cabelo em meu pulso que me convencem a viver, porque será a partir deles, com o código aqui inscrito — para completar esta história de amor maldito que Deus teceu com tamanha dedicação — que gerarei um filho teu.

Esta é a promessa que farei amanhã, e sei que vou cumprir.

ESQUIZOIDE

Já não sei dizer.
Se sou real.
Ou um personagem de ficção.
Devo estar doente, obcecado por um dilema tão absurdo.
Algum vírus me endoidando, fazendo mal pra cabeça. E
como é que ponho a cabeça no lugar? Se fosse mesmo
um lugar, eu poria — na prateleira, sobre a mesa, numa
almofada, no travesseiro, sob o chuveiro. Não sei nem se
a cabeça está em cima do pescoço. Com os olhos que me
deram, observo meus dedos, e não me parecem reais. Não
parecem, por mais que eu dê o comando: pegue uma
caneta, atenda o telefone, tire meleca do nariz, estenda o
dedo médio. Mande todo mundo enfiar. Mesmo a caneta, o
telefone e o nariz, tudo se embaralha.
O que eu sonhei e o que eu vejo quando estou acordado.
O passado, o presente, o futuro. Os filmes todos que eu
assisti. Não distingo uma coisa da outra, tudo se equivale.
Muitos dados, muitas informações, e não sei de
onde vêm. Como se eu estivesse cego, por mais que as
imagens cheguem nítidas. Síndrome de Charles Bennett?
É uma das possibilidades. Os olhos estão mortos, mas o

cérebro ainda sabe ver. E alucina. Essas milhões de cenas, pequenos e longos filmes circulando na memória, ativados e desativados involuntariamente. Não param por uma fração de segundo sequer. Bart Simpson imitando sons de flatulência, mulheres de burca no Afeganistão, Mila Jovovich de cabelos cor de cenoura e suspensórios, um adolescente oriental empunhando uma arma, traficantes atirando a céu aberto no Rio de Janeiro, um anúncio de refrigerante, a dança sincopada de um branco que era negro, jovens sob efeito de ecstasy em uma rave na praia, fogos de artifício, a explosão da bomba atômica, cinco cabeludos em um palco com metais nas roupas e maquiagem feminina. Como sair desse vaivém de imagens aleatórias, torrente de estímulos velozes? As imagens rodando sem contorno, sem tela, sem arestas, revezando-se vertiginosamente. Pareço estar em um conto de Jorge Luis Borges, diante do Aleph, sem conseguir sair do porão. O que quer que seja, mais parece ficção que realidade. A hipótese é absurda, mas preciso considerar. Talvez eu jamais tenha existido. Ao menos, não de maneira concreta. Talvez eu seja um personagem, criado em um computador pessoal. De que outra maneira explicar a confusão? Um personagem que não deveria descobrir que é personagem. Eu deveria seguir minha trajetória, viver aventuras, cumprir minha história, como fazem os bons heróis. Mas para isso eu não poderia saber que sou fictício, não poderia saber. Um hacker invadiu os arquivos, desalinhou a meta do enredo. Uma hipótese atordoante, absurda ao extremo, mas já não sei no que pensar. Com toda certeza, é um vírus. Um ou vários vírus. Vèro. Vi, vi, vi, vi, vi, vrrrrrrrrrrrrrr... Não estou bem, energia demais que gasto, um esforço desproporcional para deixar as palavras em ordem. Mas por que não vírus do outro tipo? Não dos que atacam os softwares, os cavalos de Troia, mas os que atacam o tecido do cérebro, como, por exemplo, encefalite do Nilo ocidental? Descobrindo o que é, encontro uma cura e volto a ter paz. Se ao menos eu pudesse me livrar das associações em cadeia Nilo Egito Ra o Livro dos mortos dos corpos dos rostos cobertos em múmia Ra os reis os raios a saída ao dia papiro o juízo Ka o escriba o escravo o esquife o esconso quarenta e dois deuses no salão da verdade Anubis meu coração não tem peso algum. Estou morrendo? Micro-organismos roendo meus neurônios? Ou minha inteligência é e sempre foi artificial, por isso não sinto meu corpo e não compreendo quem sou? Anti-herói da antiarte? Programado para cumprir funções, e agora disfuncional por um presente de grego virtual, um vírus, um Cavalo de Troia? Preciso pensar até o final, mas a enxurrada... Troia dos portos dos fortes das troças trapaças... De novo, não, essa dispersão inútil, não... a guerra homérica errática heroica poética de Enéas Heitor Odisseu Aquiles todos pelejam por honra e beleza encarnada em Helena. Por que não para? Por que não para? Não é de palavras que sou feito, eu tenho carne. Não sou virtual, sou real... não sinto nada porque estou anestesiado... Não lembro de nada porque as memórias se embaralharam, mas eu existo... Insisto nisso: eu existo. Eu sei que existo, e pode ser que... Que o experimento seja justamente esse. Eles estão em algum lugar, não posso vê-los, mas eles me veem. Devem estar lendo minhas reações. Cada gesto meu, cada hesitação, possivelmente cada pensamento. Eles me têm nas mãos, eles acompanham cada movimento meu. Para quê? Curiosidade, sadismo, investigação? Ciência ao estilo nazista, sem consideração pela cobaia? Não consigo dar um sentido a essas memórias, mas talvez eles consigam. Deve haver um motivo que no momento me é inacessível. Não sei quem eu sou exatamente porque sabia demais? E querem ter acesso às informações que guardo na mente, arquivadas, e que por alguma razão lhes podem ser úteis? Se eu soubesse minha identidade, se eu soubesse dizer "eu sou...". Mas não posso. Eles é que dizem, minha mente pertence mais a eles do que a mim. Eles, com seus experimentos radicais. Absorvendo-me, retendo-me, bebendo-me, e eu deslizando palavras conforme a captura que me impõem. O porão para o Aleph, milhões de imagens à disposição, mas aqui não é minha casa. Quero ir pra casa, I wanna go home. Have I ever been at home? At Rome? Quem sou eu? A informação está comigo, em minha mente. Um pouco de lucidez para alcançá-la. Vamos. Procurar nos substratos da memória, alguma pista. J. C. São estas minhas iniciais? J. C.? Júlio César, talvez, e portanto Home is Rome? Que Júlio César sou eu? Aquele de Cleópatra, traído por Brutus, cantado por Shakespeare? Da túnica inconsútil? Ou esse é Jesus Cristo? Conexões mentais se engatam uma na outra, as linhas paralelas seguem juntas. J. C., morto pelos romanos, a nobre túnica manchada de sangue, depois da morte aliviam a culpa do crime tornando-o um deus. Na civilização fundada por Rômulo. Encerrada por Rômulo Augusto. Grandiosas construções e estátuas em homenagem a J. C. Perco a(s) data(s), há uma falha de leitura. We have to get to the shoreline. But there is no sureline. Um barulho constante de máquina inquieta, como uma ventoinha. Ou uma máquina de lavar socando as roupas. Ou um motor, difícil dizer, está muito ao fundo. Em cada hospício, há dezenas de Napoleões, de

Júlios Césares e de Jesus Cristos. Penso em hospício, e as imagens das paredes brancas, dos médicos de avental, dos internos histéricos e da cama com amarras me perpassam. Injeções, gemidos, rodopios. Mas nem isso me traz à realidade. Da mesma forma como todas as outras imagens, correm uma após a outra. Pode ser um truque: eles querem que eu me dê por louco, que eu me desfaça do meu eu, para vasculhar minhas lembranças sem maiores resistências. Palavras impostas, imagens em turbilhão. Dizem em meu ouvido que sou louco, e eu penso que sou eu quem disse primeiro que sou louco. N-n-n-não deixar os pensamentos à deriva. Quando os pensamentos seguem à toa, voltam como som e cheios de fúria, estatelando uns contra os outros. Por causa do que colocaram em minha mente, seja lá o que for. Significantes em excesso, me enredando, me dispersando. Preciso capturar um por um os dados, bem guardados, dar-lhes sentido. Cada informação no seu lugar, do contrário me subsumem. Os pensamontes. Os pensamortes. Não... os pensamentos. Uma dessas imagens que se acumulam, que lampejam e se alternam, uma delas deve ser meu retrato. Tenho um banco de dados gigantesco, é preciso encontrar. Em algum lugar do oceano de informações, minha identidade. Um caçador de tigres, sem medo de nada — é este quem sou? Caço tigres rajados, enormes, na floresta profunda, arrebatando-os com a minha lança. Penduro suas presas no meu peito forte, eu que sou poderoso chefe guerreiro. Minha aldeia me respeita e as mulheres disputam meu leito. Um feiticeiro da tribo rival me enfeitiçou e confinou minha mente em um mundo paralelo — este sou eu? Ou uma professora de escola infantil, uma gordinha carinhosa e querida, que toma conta de dezenas de crianças no pátio. Elas contam suas pequenas travessuras e piadinhas pueris, contentes como só as crianças podem ser. Alguns meninos brincam de pega-pega, e em um momento afoito, um deles me derruba e me faz bater a cabeça. Passo por uma cirurgia cerebral e oscilo entre a vida e a morte. Sou eu? Ou é um filme, uma novela, uma passagem de um livro? Não vou descansar enquanto não souber. O nome Lygia, inesperadamente, assume presença em minha mente. Uma artista importante, que tentou levar a linguagem ao limite. Nas artes plásticas. Lygia Clark ou Pape, uma das duas. A fronteira entre a arte e a realidade foi borrada, o que é quase a loucura. O real, o Real, o surreal — os significantes se tornam concretos, as ideias se tornam coisas. Arte. Será isso o que se passa comigo? Não um experimento científico, mas um experimento artístico? O que é real? O que é virtual? O que é Real? A linguagem em transe, sem eixo. Sou um escritor. Poeta de meu próprio poema. Delirante a ponto de me perder. Foucault: *Pode ser que esteja para sempre excluído o direito de pensar ao mesmo tempo o ser da linguagem e o ser do homem.* Estou lendo filosofia demais, não está me fazendo bem. Esqueci de mim mesmo nas margens da palavra. Não sou, não posso ser, um louco qualquer. Sou um escritor atormentado, que trabalhou demais e está cansado, só isso. Não sou louco, só preciso deixar de lado o excesso, juntar as palavras com maior naturalidade, resgatar a mim mesmo. Meu sobrenome é Andrade, não moro em Roma. Sou importante em um país chamado Brasil. País que jamais dominou o mundo, mas é o lar de muitos dos maiores escritores ocidentais, reconheçam ou não os estrangeiros. Oswald, Mário, Carlos Drummond. Eu sou Andrade. Eu...

Não sei. Devo admitir que ainda estou longe. Continuo confuso, como se deus brincasse comigo. Um deus amoral, provocador, que assiste à minha agonia como um leitor ávido por tragicomédias. Pode deus ser assim, um esteta onipotente com requintes sádicos? Ou estou tão distante que deus já nem me ouve? São outras as criaturas que me ameaçam, não são vírus. Alienígenas me sequestraram, me mantêm preso em um laboratório a muitos anos-luz da Terra, estudam meu cérebro com a mesma frieza com que nós dissecamos camundongos. Nem sequer são cruéis, mas cientistas diligentes. Uma miríade de alienígenas me mostra seus corpos, metamorfoseando-se rapidamente: criaturas de olhos duros como rochas, ou de pele tão fina que se vê os órgãos, ou informes como fumaça e luz. Comunicam-se em línguas estranhas, por gestos e por telepatia, não me dando a menor chance de entender o que se passa. Se corro perigo ou se estão apenas curiosos. E o mais frustrante, novamente não sei se estão aqui ou em minhas memórias. No instante de uma piscadela, deixo de vê-los, e novas e perturbadoras imagens me tomam. Não consigo olhar para o lado, as visões me perseguem. Um velho tossindo no leito de morte, um surfista de prata deslizando no cosmo, um bebê virtual dançando break, um sorvete derretendo na testa de um garoto, um robô que canta em japonês, um cão cheirando suas próprias fezes, um nadador olímpico subindo ao pódio. Nada que eu possa concatenar em uma sequência lógica.
Talvez devesse desligar tudo. A vontade é de que tudo se desacelere, mesmo a morte é melhor do que essa imprecisão delirante. Minha personalidade, neste momento, retida por algo ou alguém de quem não tenho o menor conhecimento. Não posso dizer nem mesmo se sou

homem ou mulher, adulto ou criança, real ou fictício. Não tenho como checar minhas calças, meus movimentos não correspondem à vontade. Estou louco(a)? Caso de divã ou do divino? Or the devil? Derrisão. Alguém estaria rindo do meu embaraço, alguém que me assiste de uma distância segura? Vejo muito, menos o que vai ao meu redor. Aquilo ou aquele que me tortura, é como se não pertencêssemos ao mesmo universo. Talvez sejamos de planetas distintos. Devo considerar, talvez seja eu o alienígena. Por isso que sou tratado com o máximo de pavor e cautela, por isso não me deixam me mexer nem saber onde estou. Todas essas imagens que afluem sem controle... devem ser de meus estudos sobre a vida na Terra. Pode ser isso? Absurdo ou não, hipótese que faz sentido: um treinamento árduo para me adaptar à vida terrestre, incluindo um caudaloso banco de dados. Fiz minha tentativa de me misturar à sociedade dos *Homo sapiens*, mas pareço ter falhado. Perdi meu disfarce, fui capturado, e agora estudam meu cérebro. Após uma dispendiosa viagem intergaláctica, assim é que me recebem. Os humanos estão em alguma parte que não posso ver, brincando com minha mente. Não... não é bem isso, mas estou muito perto. Começo a distinguir as lembranças da realidade e... Que alívio, já posso enxergar onde estou. Ali está minha espaçonave, camuflada entre as árvores, aqui, na floresta. Até que enfim, começo a me recuperar. Já posso entender. A confusão mental se deve ao contato que tive com um vírus terrestre, para o qual eu não estava preparado. O vírus paralisou meu corpo e afetou minha memória de longo prazo. Estou na Terra há poucos minutos, mal cheguei e me infectei. Minha espaçonave transcorreu uma enorme distância espaçotemporal, abreviada pelo uso inteligente dos *wormholes*. Não estou no porão do conto Aleph. Nem em um hospício, e nem Lygia nem Andrade estavam no ponto do universo de onde parti. Tive um pequeno choque ao chegar nessa atmosfera nova, e meu organismo está se adaptando. Nada que eu não possa resolver. Vejo meu robô assistente, ele me indica que injetou anticorpos poderosos para combater o vírus. Em poucos minutos terei meus movimentos normalizados, não há com que me preocupar. Estou retomando a consciência, recordo qual é minha missão. Para me misturar aos seres humanos, mimetizei-lhes a forma, em suas proporções mais agradáveis, atingindo a perfeição. Meu rosto, meu tronco, meus braços, minhas pernas, e mesmo cada fio de meu cabelo obedecem às mais rígidas regras de proporção. Com isso, pretendo conquistar o coração dos terrestres com minha beleza, sem que eles desconfiem de onde vim. Devo me infiltrar na grande mídia, tornar-me popular. Uma vez no topo, será fácil hipnotizar bilhões pela televisão. Completando essa etapa, chegarão muitos outros de minha espécie para fundarmos nossa colônia. Venho do planeta Ziba e me chamo Thkrbl. Fui designado para essa missão após décadas de estudos do comportamento humano, em que estudei suas reações a todo tipo de estímulo. Logo notei que os seres humanos são mais suscetíveis a imagens, sons e frases de efeito do que nós de Ziba, e podemos usar isso a nosso favor. Não foi difícil encontrar as frequências que levam os humanos a se sujeitarem hipnoticamente. Quando for o dia do ataque, eles estarão ainda mais atordoados do que eu, quando aqui cheguei. Já são todos normalmente desorientados, não resistirão aos comandos que lhes enviaremos, subliminarmente.

Os anticorpos que o robô assistente me injetou já fez efeito, sinto-me bem e forte. Posso prosseguir em minha missão, devidamente vacinado. Resta apenas um sinal que me inquieta. A palavra "Esquizoide". Palavra que só deveria se adequar a criaturas humanas. No entanto, ela não sai de minha mente, me parece a mais importante de todas as palavras já ditas. Como se revelasse um último segredo de que ainda não me inteirei. Deve ser ainda a ambientação, pensamentos e sensações que adquiro ao pisar neste planeta. Uma experiência quase mística, como se quatro sílabas me apontassem para o momento primeiro da Criação. Ainda estou um pouco confuso, mas sei que a tontura vai passar e vou agir de acordo com minhas funções.

TERRORISTAS POÉTICOS

A liberdade causa dependência
(Ari Almeida)

Como pude me iludir, por um par de dias que fosse, de que seria fácil escrever sobre o CAOS? Simples, pensei, assunto não vai faltar, só lembrar daqueles episódios de loucura e ousadia, conto pronto. Falar é fácil, não se brinca com entidades da insânia e da insídia sem que elas brinquem com você. Eu querendo contar sobre desbunde e a bunda não se acomodava na frente do computa, dias a fio sem uma frase pra engatar. Quando finalmente captei os primeiros sinais da ins-piração, desabaram as tempestades de janeiro em Sampa. Meu teto rachando, a água se esparramando pela casa toda, até eu concluir que se fosse pra me molhar, melhor que fosse numa praia. Disseram que em Boiçucanga o tempo estaria bom, o feriado todo pra pôr essa porra pra funcionar, agora estou eu com o laptop à beira do mar, uma cerveja arrematando o café da manhã. Pra discorrer sobre terrorismo poético toda ordem se inverte, o princípio da realidade que se ajuste ao princípio do prazer.

Por isso a poesia não me abandonou, por muito acaso ouço no rádio no bar em que estou escrevendo. Ironicamente, canção de uma banda evangélica chamada Catedral. Bom avisar logo aos incautos que terrorismo poético **não é** um movimento literário ou artístico. À primeira vista, parece um pouco com o que a *intelligentsia* chamaria de antiarte, mas realmente sem aura, sem dogmas e sem reverência. No TP, nenhuma pretensão a ingressar nas catedrais da grande arte, no máximo uma seita subversiva. Nada a ver, portanto, com as besteiras que se costuma ver em uma Bienal ou que me empurravam goela abaixo na faculdade de Artes Plásticas. Não aqueles remédios amargos mal testados com efeitos colaterais que agravam o mal-estar — talvez apenas os riscos de um poderoso alucinógeno. Por isso me fascinou logo de cara, mas também por isso demorei a dar os primeiros passos. Hesitei, sem saber se um escritor que estudava na ECA poderia figurar entre aquelas figuras sem desfigurar, sem deturpar suas loucas intenções.

Ironicamente, pra mim começou pelo grupo de e-mails da faculdade. Alguém disparou na caixa de entrada o manifesto escrito pelo guru do CAOS, Hakim Bey. *Arrombe casas mas, ao invés de roubar, deixe objetos Poético-Terroristas. Rapte alguém e faça-o feliz. (...) A reação da audiência ou o choque estético produzido pelo Terrorismo Poético deve ser pelo menos tão forte quanto a emoção do terror. (...) Se ele não muda a vida de alguém (além da do artista), ele falhou. (...) Para funcionar, o TP deve ser categoricamente divorciado de todas as estruturas convencionais de consumo de arte (galerias, publicações, mídia). (...) Arte como crime; crime como arte.* Eu vinha estudando contracultura, tinha acabado de ler um livro sobre os PROVOS e estava convencido de que vários dos artistas contemporâneos vinham chamando os espectadores de imbecis. Muitos dos argumentos que levaram artistas pseudo-rebeldes a trocar as pinturas por qualquer punhetagem na galeria eram os mesmos que os dos terroristas poéticos, mas havia diferenças cruciais. O terrorismo poético não tem a moldura das instituições de arte, não está interessado na opinião dos críticos especializados e muito menos visa o lucro. O principal em ambas as propostas é estar contra (na contracultura, no contra-ataque ao *status quo* e contra os contracheques que transformam arte em mercadoria), mas os antiartistas de salão não ultrapassam a teoria, enquanto os terroristas poéticos se sujam mais e me parecem muito mais sinceros. Maroca, Lila C., Ari Almeida — aprendi mais com eles do que com todos os manuais de arte pós-moderna.

    De início timidamente, fui me interessando pelo que os terroristas aprontavam, lendo a respeito e buscando fóruns na internet. Vi na rede um convite pra uma reunião na zona leste (vulgo zona lost) e resolvi aparecer pra conferir. Pouca gente, mal daria pra um time de futebol de salão. Eu, Maroca, Misson, Estrábico, talvez mais uma ou duas criaturas, emborcando litros de vinho barato e gritando em praça pública. Todos eles uns cinco anos mais jovens do que eu, tendo em comum o gosto por se experimentar e a adoração por alguns ícones malditos — Leminski, Chacal e Jim Morrison, mais presentes pra eles do que o próprio Hakim Bey. Não demorei pra captar que, dessa galera, só o Estrábico estava por dentro do terrorismo poético, os demais eram amigos dele e queriam formar um grupo de poesia subversiva.

    Nesse ponto, imagino os terroristas poéticos da velha guarda — como a Lila C., que possivelmente vai ler este relato um dia — e visualizo a expressão de desgosto e desprezo que eles fariam. Não há nada mais frequente e mais irritante pra eles do que o entusiasmo de poetas carentes de aprovação, que acham que estão por dentro do movimento ao arremessar um poema desvairado. Não importa o quanto subversivos e chocantes sejam os versos, poesia escrita não tem muita vez nesse ambiente — quem dá o exemplo é o velho Guy Debord, que expulsou todos os artistas tradicionais de seu movimento situacionista. Claro que muitos dos terroristas têm lá seus poemas secretos que não mostram pra ninguém, ou pinturas esquisitas pra não deixar as paredes em branco, mas de maneira alguma o ápice seria uma *arte marginal*. A meta é levar a estética até sua margem, friccionando-a contra a vida cotidiana, resultando em algo impactante, mas que não possa **jamais** ser cooptado como arte pelo *stablishment*. As ações sugeridas no fórum virtual iam das mais sutis, como entrar discretamente numa livraria e colocar a Bíblia na prateleira de Ficção, até o horror escancarado, como derramar sangue em um caixa eletrônico com recado claro: *Dinheiro corrompe e mata*. Um maluco qualquer disse, na comunidade, que era terrorista poético porque um dia iria raptar alguém e fazê-lo feliz: *É preciso isso pra uma pessoa ser feliz? Precisa ser quase CONTRA a vontade dela? Talvez sim.*

As amigas do Estrábico estavam meio por fora do anarquismo ontológico de Hakim Bey, mas não se fizeram de rogadas. Especialmente a Maroca. Naquela primeira vez em que a vi, ela estava meio torta nas escadarias da praça, revirada pelo álcool e por suas próprias tragédias. Menina magrinha, cabelos loiros desgrenhados e um sorriso meio aéreo que dissimulava sua inteligência. No início, ela se encantou por mim mais do que eu por ela. Aquela hippiezinha dizendo que já estávamos casados, Estrábico e Misson seriam nossos filhos, passos embriagados de dança pelas calçadas, a sandália se arrebentando junto às gargalhadas. Não me lembro, naquela noite de bebedeira brava, como foi o primeiro beijo. Apenas remotamente que paramos em um bar enorme onde se promoviam saraus, mesas rústicas de madeira e muitas árvores, um ambiente que seria bucólico, não comportasse a vertigem de um labirinto obscuro. Ela toda sorrisos e melodia, nós curiosos pra saber o que o destino ofereceria. A certa altura da madrugada, depois de alguns amassos, deixamos o barzinho e suas aleias, fomos pra casa do Estrábico. E ela começou a mostrar sinais de nervosismo. Sentiu como um suplício cada sorriso vendido aos anfitriões, e mal segurava o desespero diante de tanta mãe, tio, primo e gente estranha que apenas tentava ser gentil. Estrábico se esforçava pra nos fazer rir, com talentos dignos de um ator, sempre muito ágil com as palavras, e aqueles seus olhos desguiados que, somados ao beiço meio arrebitado, nos contagiavam pelo consolo do humor. Ele estava afiado o bastante pra entreter tanto a mim quanto à Misson, mas Maroca parecia murchar, como se lhe tivessem roubado toda a energia. Ela silenciava, e com isso eu começava a me inteirar de que padecíamos de sintomas parecidos. Tanto eu como ela, naquele início de 2005, só conseguíamos nos sentir bem entre os malditos.

    Encontramo-nos mais um par de vezes. A tarde no Ibirapuera foi bacana, tivemos tempo pra conversar só nós dois. Ela falando do quanto a poesia fazia parte de sua vida, depois de algumas ilusões passageiras com o comunismo, e das agruras com a mãe psicanalista — um mal de que também sofro. A essa altura, eu já havia lido seu blog, não estava mais diante da hippie doidinha, e sim de uma escritora interessante, descendente direta de Caio Fernando Abreu. *Ergui tantos ídolos pra depois transtorná-los, embriagada e criança, viravam barcos de papel.* Maroca até hoje não quis publicar um livro, é por ser essa criatura arredia, que seduz mas não aguenta ser amada, que quer calor mas não suporta proximidade, que tem a coragem de cravar a espada, mas não de ficar pra ver o sangue escorrer. Ela era a prova viva de que a poesia escrita também assusta. Éramos dois escritores que começavam a se reconhecer, mas também dois perdidos — que se encontrassem um ao outro sofreriam com a perda do hábito de se perder. Ela bem que dizia estar tentando inventar uma Mari social, solar, com a qual ter sobrevida. Era fim de janeiro, chovia torrencialmente. Ela dizia *tenho sangrado tanto justamente por causa da luz*. Algo se descortinara pra ela, antes dos vinte conhecera intensidades que poucos conhecem em toda uma existência. *Em mim, tudo é caos.*

Nosso último encontro foi no Sarajevo, no andar de cima onde tem uma biblioteca, a casa meio vazia. Não era dia de groove nem de fusion, na época eles abriam a porta para domingos silenciosos e modorrentos. Ela quis me ver, mas na minha primeira investida recusou meus beijos. Nada tinha da menina de olhos radiantes que brincava de ser minha esposa. Falava olhando ao chão, com voz de quem despende uma força enorme para não desmilinguir. Ela repetiu algumas vezes que havia gente demais dentro dela, que estava transformada por experiências demasiado perturbadoras, e que se eu continuasse com ela, seria minha maior maldição. Pouco adiantou eu dizer que não me importava com os riscos, que eu já havia perdido toda a inocência que um dia tive, que nada do que ela fizesse poderia agravar minha queda livre. Ela se enclausurou mais e mais em si mesma, reduzida a um estar-não-estar de menina assombrada. Terrorista iniciante que eu era, não percebi a tempo que, por maior que fosse o amor de Maroca por palavras, não havia poesia que a confortasse o suficiente. Ou que, por mais teatral que ela fosse, nem o gesto mais performático poderia seduzi-la a ponto de tirá-la da pequena mansão de seus centímetros quadrados. Ela se fazia de assustadora, mas era assustada. Como alguém que quisesse se provar maldito ingerindo as drogas mais fortes, porém terminasse baqueado pela overdose. No caso dela, não há dúvidas: ela só poderia ser feliz CONTRA sua vontade, sequestrada. Quero crer que tenha sido assim, mas não comigo. Cerca de um ano depois, encontrei a Misson em um bar. Ela me contou que estavam namorando. Depois de dois anos e meio se estranhando, brigando, resistindo. O romance delas era ao mesmo tempo aflitivo e bonito, repleto de sutilezas que na época eu jamais saberia propiciar. Talvez Maroca procurasse um(a) fiel escudeiro(a), alguém que lambesse as feridas e a admirasse incondicionalmente, que se espantasse com seus mergulhos — mas ficasse esperando no convés, respeitando a intermitência de suas subidas à tona. Quanto a mim, que vivo sob o signo do caranguejo, buscava um trânsito mais constante entre as profundezas e a terra.

Para um literato, às vezes eu sou bem literal. Pensei em caranguejo porque vi um siri enorme ontem à noite, na praia de Camburi. De mosquitos e baratas não sou um grande fã, mas achei aquele bicho bem simpático. Também o casal de lagartixas, quando cheguei. Eu mal tinha acabado de arrumar meu quarto, fui à varanda fumar um cigarro e *ploft*, vi as duas bichinhas despencarem com um estalido borrachento. Elas ficaram alguns segundos olhando estupidamente para lugar nenhum e seguiram, cada uma para um lado. Provavelmente estavam transando no teto. As lagartixas não pareciam se incomodar com os guinchos dos morcegos sob as telhas. Eu também não. Se não me sugarem o sangue, que curtam a noite como quiserem.

Bichos à parte, foi bom ter vindo à praia pra escrever. Aqui, em retiro espiritual, não vejo motivo algum para não beber logo ao acordar. Definitivamente, é impossível escrever sobre Lila C. sem ao menos uma boa dose de álcool no sangue.

Depois da Maroca, passei meses e meses me sentindo extremamente solitário. No campus, eu costumava tomar cerveja com os caras mais desajustados do Departamento de Artes Plásticas, e cuspíamos juntos nas teorias pós-modernas. Mas àquela altura, nem mesmo os mais rebeldes estavam me acompanhando na clandestinidade do meu trem de pensamento. E me parecia tão claro. A antiarte, a arte fundida à vida, os ataques mais furiosos à arte como mercadoria, tudo isso não passava de hipocrisia assim que entrava nos salões sofisticados, onde burgueses gastavam milhões de dólares pra expiar sua culpa por serem ricos. Será que precisa ser um gênio pra entender isso? No exato momento em que uma obra é institucionalizada, ela não pode mais ser anti-institucional, certo? No exato momento em que uma obra é vendida a preços estratosféricos, ela não pode mais ser antimercadológica, por mais que formalmente pareça ser. Era tão enervante e enlouquecedor notar como o mundinho da arte fingia ignorar isso havia cinquenta anos que um de meus refúgios era o fórum de terrorismo poético.

A moderadora desse fórum era justamente Lila C., famosa pelas tiradas sarcásticas e decisões arbitrárias. Não havia fotos dela, não sabíamos seu nome verdadeiro, ainda assim poucos conseguiam, no universo virtual, marcar tanta presença. Despoticamente, ela expulsava membros (em grande parte, quem postava poemas), humilhava quem não demonstrasse entender tanto quanto ela sobre anarquismo ontológico (a imensa maioria) ou simplesmente quem ela achasse meio babaca (uns 99% da comunidade). Não pensem que não me fiz essa pergunta mais de uma vez: o que foi que eu vi nela? Não era apenas minha pulsão de morte latejando, eu pude ver ternura nela. Desde os primeiros cliques, a Lila me pareceu autêntica, corajosa, extremamente criativa, e muito inteligente, sem ter que posar de intelectual pra isso. Eu em Sampa e ela no Rio, tendo apenas a conexão da rede como forma de contato. Nos rastros mais camuflados, ela deixava transparecer que sua ideia de liberdade não era tão egoísta quanto parecia, só não queria facilitar. Lógico que nossa aproximação começou por uma briga feia no fórum, eu achando que ela estava sendo intolerante com os outros membros. Chamei pro pau, e o bate-boca durou alguns dias, até que terminei, enfático: *por mim, que se foda, me façam lembrar que Mussolini, na juventude, esteve próximo dos anarquistas.* A intervenção surtiu algum impacto, chamou a atenção dela e começamos a nos falar quase diariamente pelo MSN.

Não sou de guinchar, como os morcegos sob as telhas, nem me comprazo em acariciar minha dor travestida em poesia, como a Maroca fazia com alguma habilidade, mas eu estava me sentindo à margem de tudo e de todos. Precisava com urgência da simpatia de alguém tão *outsider* quanto o suicida que eu vinha sendo. Toquei inteirinho o lado B da minha vida pra Lila, os diversos tipos de drogas que experimentei, as mulheres insanas que passaram pela minha vida, ocasiões em que dormi bêbado na rua, bobagens desse tipo. Com isso ganhávamos a confiança um do outro, mas ela, sem dúvida alguma, tinha ido bem mais longe que eu — havia sido hostess de um clube sadomasoquista, pra dar um exemplo. Eu não queria ficar só na teoria, quis sentir a imaginação em suas encarnações mais concretas. Encorajado e meio apaixonado pela Lila, confidente virtual de meus progressos rumo ao abismo, eu me aventurava em um universo que nem os surrealistas imaginariam. Eu ainda não tinha sequer visto uma foto da carioca, mas era ela quem me motivava a ir fundo no terrorismo poético e anarquizar em Sampa

& por indicação dela fiz amizade com o Alester, criatura barbuda e incontrolável, sempre com um chapeuzão de vaqueiro, que a cada vez que passava em frente a uma igreja berrava *Só se fô deus, só se fô deu!*

    & acompanhava Alester quando ele organizava no Parque Trianon os encontros de religiões alternativas, xamanismo, bruxaria, leitura de runas, discordianismo

    & ainda com ele participei de um Clube da Luta, tal como o do filme de 1999 com Edward Norton, em combates onde os gritos de dor e as gargalhadas se embaralhavam

    & pratiquei meus próprios ataques a símbolos do capital, com meu amigo recém-convertido Macarrão e com o malicioso Estrábico

    & ilustrávamos a todos que o número um no cardápio da lanchonete mais venerada do mundo é o número um que produzimos no banheiro

    & aprendia com Lila que espalhar camisinhas recheadas de xampu em assépticos refeitórios provocava uma interessante comoção

    & falávamos muito dos Delinquentes, é claro, que levavam hordas de mendigos pra se refestelarem em shopping centers

    & invadiam residências pra deixar mensagens e mudar a vida dos moradores, como verdadeiros edukators

    & entravam em missas montados de sorridentes travestis, para o enorme desgosto dos bons católicos

    & era tarde demais, o CAOS havia me convocado. De início sorrateiramente, mas àquela altura com a força de atração que uma confeitaria exerce sobre uma criança.

Acabo de pedir um saquê neste bar com frente para a praia, em homenagem a meu primeiro encontro ao vivo com a Lila.

Foi essa a bebida que entornamos, duas garrafas pra três pessoas. Ela e outro cara, o Arroto, também aspirante a terrorista poético. Lembro do sotaque carioca de Lila ao telefone, perguntando se eu podia encontrá-la dentro de uma hora na Liberdade. Tinha outras coisas a fazer, mas deixei tudo de lado e corri para o boteco sujo, próximo da estação de metrô. Aquela horrorista, aquela intervenção urbana ambulante, aquela encarnação de Éris finalmente se materializava. Um pouco mais baixa do que eu esperava e um pouco mais gordinha, mas, se mesmo assim ela me pareceu extremamente sexy, era porque havia algo especial nela. Cabelos encaracolados que davam vontade de retorcer entre os dedos, olhos grandes e brilhantes, com os quais ela às vezes fazia expressões tipo Amélie Poulain, seios mais do que convidativos e uma fatal disponibilidade. Tornava-se fácil o centro das atenções, mas compartilhava a alegria, abria-se, falava sem afetação, sem máscara, sem qualquer rodeio. Num momento, recordava que na escola jogavam bola com a cabeça de um passarinho morto; no instante seguinte, cantávamos, meio piegas, *Oh happy day*.

Saímos do boteco devidamente calibrados, abençoados por todos os ícones do CAOS e ainda mais à vontade um com o outro do que ao longo das confissões internéticas. Fomos pra estação de metrô, ainda sem decidir o destino a seguir. Na escada rolante, o chão literalmente se movendo sob nossos pés, ela beijou primeiro o tal do Arroto. Mal descolou os lábios dele, me enlaçou no pescoço e me ganhou. Beijo delicioso, de menina travessa, menina que se entrega às aventuras. O cara me olhou confuso, meio desconfortável com o gesto inesperado. No entanto, éramos livres, com tudo o que há de paraíso e de perdição nessa condição. Eu me sentia agradecido pela ruptura, e ria, ria, gargalhava. Beijávamos a três, alcoolizados e caóticos, certamente oferecendo um espetáculo público. Os passageiros do metrô nos olhavam atônitos, sem reação. Nós saboreávamos cada gota da sensação de que nada importa, a não ser o presente.

Ainda tínhamos um resto de saquê. Com os esbarrões no vagão, caiu um pouco do líquido no decote da Lila. Ela sorriu e fez meu rosto pousar em seus peitos, onde sorvi o quanto pude. Ela cantava, *You never met a girl like me before*. Fiquei impressionado em ver como meu superego, em geral tão pesado, desaparecera completamente. Nosso outro amigo, não, ele estava realmente encabulado. Abandonou-nos assim que chegou a uma baldeação, e Lila e eu decidimos ir pra minha casa, aproveitando o horário de trabalho da minha mãe.

O efeito do álcool começava a castigar Lila. Ao sair da estação, ela mal se equilibrava, andando com certo esforço, escorada em mim. Por um instante, duvidei que chegaríamos ao apartamento, quando ela se deixou tombar e eu tive que levantá-la do chão. Assim que a ergui, ela disparou a correr pela rua, na maior animação. Chegamos ao prédio e passamos pelo porteiro desconfiado, um casal de bêbados celebrando a própria torpeza. Por mais que fôssemos dois errantes, agindo impulsivamente sem o menor traço de romantismo, começávamos, pau-latina-mente, a encontrar algo um no outro. Ainda nem sabíamos que barreiras começavam a cair, não eram somente as roupas que ficavam pra trás, quando, vencendo a ansiedade, nossos corpos se encaixaram e se entenderam. Ela arranhava as paredes, gritava meu nome, e eu empurrava todo seu corpo com meus quadris, penetrando-a até a exaustão, até vir o gozo, potente como uma pancada elétrica.

Se eu mesmo tenho dificuldades pra entender esta personagem, o que poderiam dizer as outras pessoas? Não se mexe com Éris, a deusa da discórdia, sem se dobrar a seus caprichos. O objetivo do terrorismo poético é justamente libertar as pessoas do convencional, e a maior contradição é que eu ainda morava com minha mãe. Eu não tinha outro lugar para levar a Lila. Era meio de semana, minha mãe supostamente estaria trabalhando, e de fato a casa estava vazia quando chegamos. A sincronia foi perfeita. Minha mãe voltou do trabalho um pouco antes do usual. Não cedo o bastante pra que pudesse ser enganada pelos olhos meigos da Lila, nem tão tarde pra que não escutasse nossos arroubos ressoando pela casa. Assim que deixei a Lila descansando pra ir ao banheiro, deparei com a cara de decepção de minha mãe. E recebi a notícia peremptória: *Você tem uma semana pra procurar outro lugar onde morar.* Nada dissuadia minha mãe de que eu estava com uma prostituta, de que eu estava efetivamente pagando por sexo na casa dela. Ouvir nossos gritos incontidos foi o bastante para o coração da mãe, e ela exigiu que eu levasse minhas "putarias" pra qualquer outra morada.

Certamente não está vazando água aos borbotões do teto da casa da minha mãe, como neste exato momento deve estar vazando em minha humilde casa, lá em São Paulo. Fui expulso pra não voltar e perdi muito de meu conforto, mas isso é o que menos importa. Enxugo o saquê olhando pro mar enquanto lembro de como Éris providenciou uma das revanches mais gloriosas da minha vida. Eu ainda tinha uma semana pra mudar de casa e preferi gastar uns dias mais interessado na Lila do que em corretores de imóveis. Porém, estávamos sem cama, e percorremos a rua Augusta à busca de algum banheiro que nos servisse de motel. Nem o BH nem o Charm nos encantaram nesse quesito, então descemos até o Vitrine, em frente ao Ibotirama. Ali, sim, havia banheiros com várias cabines, onde poderíamos nos satisfazer sem criar fila de espera com gente batendo na porta. Mal sabia eu a glória que me aguardava. Comportadamente, em uma mesa com umas doze pessoas, estava a Flá. A Flá foi um antigo caso meu, que havia me traído com meu melhor amigo. O assunto ficou mal resolvido na minha cabeça durante anos, nem tanto pelo chifre em si, mas por como ela passou de amorosa a impassível. Se você planeja trair alguém logo com o melhor amigo, ao menos tenha a decência de não se aproximar demais dessa pessoa, não telefonar todos os dias, não contar mil segredos, não criar uma parceria apaixonante. Uma vez consumado o ato, ela conseguiu me dizer que tinha *se esquecido* do que fizera — não uma amnésia alcoólica, mas como quem se esquece do horário do dentista ou algo assim. Flá, não é possível que eu tivesse entendido tudo errado, ela havia demonstrado gostar de mim, mas, no auge de seus vinte anos, procurou afirmação se portando como A Rebelde. Tive que esperar alguns anos pela oportunidade, mas enfim entrei no bar com a maior de todas as rebeldes, a criatura mais chocante e indomável que já pisou por essas terras, e pela primeira vez tive o prazer de sentir que fui capaz de abalar minha ex. Lila e eu CAOSando de um banheiro para o outro, indo do masculino para o feminino em busca de um canto pra trepar, chamando a atenção de todos que comiam e bebiam tranquilos. Depois dessa, nunca mais Flá exibiria aquele ar de vitória ao se dirigir a mim. Uma sorte dessas, estar no lugar certo e na hora certa pra fazer coisas erradas, somente na companhia de Éris.

O maior terrorista poético do Brasil, no entanto, sem qualquer dúvida foi Ari Almeida, de Curitiba. Eu comecei a trocar e-mails com ele sob a alcunha de Robin Rude, comentando sobre o Dia do Mendigo. O Dia do Mendigo foi uma ação terrorista-poética que eu realizei pouco depois da passagem de Lila por São Paulo. Meu flyer de divulgação explicava a ideia: *Estava mais do que na hora de admitirmos o óbvio: oportunidade de uma vida decente não é mesmo para todos. Se todo miserável tem que optar entre virar bandido ou pedir esmola, temos muito a agradecer à boa compreensão dos simpáticos pedintes.* Um dos que mais se animaram com a celebração foi meu irmão, que me ajudou a confeccionar a faixa em letras vermelhas: *Abaixo a Violência! Viva a mendicância!* Meu velho parceiro Dizis também apareceu no dia marcado, em frente ao Shopping Iguatemi, onde nos vestimos com sacos de lixo e encardimos o rosto com carvão. Vencendo minha timidez usual, ergui um megafone e discursei para os que entravam no templo de consumo: *Nós, os mendigos, somos o pilar de sustentação da sociedade! O cidadão exemplar! Nós, os mendigos, as criaturas mais zen de todo o Ocidente, os mais desapegados do mundo material. Sofremos e não reclamamos, aguentamos tudo na humildade mais ascética. Somos nós que garantimos o teu bem-estar, na tua casa, no aconchego do teu lar!* E quando passava um mendigo de verdade na rua, nós lhes dávamos bandeirinhas do Brasil e o incentivávamos a agitar, para a gloria da pátria.

Inesquecível a experiência de ir para a rua e interagir com as pessoas, causar espanto, romper expectativas, criar um corte no cotidiano. A adrenalina foi tão grande que nem a polícia me fez afinar a voz, aguentamos umas duas horas sob sol fustigante e olhares curiosos, antes de as autoridades realmente engrossarem. Se eu quisesse, poderia ter feito, mas não teria passado de uma enorme babaquice filmar a intervenção pra depois vender a preços absurdos nas galerias de arte, à maneira de tantos e tantos "artivistas".

Ao provar a mim mesmo que uma loucura dessas pode ter seu significado pela ousadia, pelo contato e pelo contágio, sem valor comercial, eu me senti acima de todos os impostores que os críticos de arte vêm endossando nas últimas décadas. Só estando ali pra saber: nem que fosse por alguns segundos, nós de fato criávamos uma ruptura na rotina de quem passava, bagunçávamos as sinapses dos consumidores. Alguns vinham conversar com a gente, trocavam ideias, dispunham-se a pensar, e pareciam deixar algo dentro de si a germinar. Para quem não estava lá é fácil dizer que todos ficaram indiferentes, que nem mesmo um pequeno vetor de desejo de mudança foi transmitido, mas pra mim foi um tesão enorme ver que até o segurança do shopping revelou cumplicidade. Como disse Ari, no fim de seu Manual Prático de Delinquência Juvenil: *talvez, eu disse talvez, tenhamos mudado o mundo sem saber.*

Na pior das hipóteses, Ari e os Delinquentes estimulavam uma generosidade excepcional, que nada tem a ver com a caridade cristã, uma vontade genuína de que as pessoas sejam mais livres e imprevisíveis. Ele é um completo maluco, ninguém poderia discordar, mas alguém que defende com todas as forças que não precisamos assistir acomodados ao que nos incomoda. E que podemos nos divertir muito provocando o sistema. Não me parece tão ingênua ou rasa a percepção dele de que a esquerda tradicional estagnou por ser sisuda e rancorosa demais para nossos tempos. Em vez de discursos suplicantes que poucos escutam, ele preferia invadir as casas e deixar todo tipo de "presentes" subversivos, com mensagens anarquistas; violar embalagens de supermercado e colocar alertas contra alimentos transgênicos; causar constrangimento aos bem-nascidos levando uma moradora de rua a um salão elitista; interferir nas ondas de transmissão do telejornal e escarnecer de uma mídia que mais desinforma que informa; estragar almoços de políticos com atitudes repulsivas; ou até mesmo zombar da arbitrariedade dos dogmas ao invadir uma igreja e professar o culto ao Bob Esponja, *porque ele tem calças quadradas*. O capitalismo é um jogo, com seus cassinos, propagandas faiscantes e o sobe-e-desce das bolsas. O contra-ataque tem que ser ainda mais lúdico, ou a resistência se limitará ao ressentimento. Enterremos de vez os dogmas do libertariamente correto. Deleuze já dizia que a revolução ou será uma festa ou não será nada.

Estou em Boiçucanga, cidade onde tomei meu primeiro ácido, aos dezessete anos. Lugar ideal pra reativar na mente aventuras insólitas, jornadas em busca dos enlaces mais frenéticos entre realidade e ilusão.

O acaso vem me ajudando a ligar os pontos dessa narrativa onde a realidade flerta com a loucura. Ontem à noite encontrei a Jana aqui na praia. As coincidências. A Jana era a melhor amiga da Joana. E a Joana era minha namorada na época em que conheci pessoalmente Ari Almeida. Para o relato não ficar mais caótico do que já está — ou, melhor, para *manter o foco* no CAOS —, vou ter que deixar de lado os detalhes desse reencontro com a Jana. Não vou falar da francesa charmosa que estava com ela ontem no bar praiano, nem da cineasta sorridente. Apenas acenar com gratidão para Éris, musa inspiradora deste relato, e agradecer por a Jana ter me reavivado as lembranças daquela época.

Arte nada mais é que a alteridade da vida, mas a alteridade maior é o amor. Falando em coincidências, eu conheci Joana no dia em que saí pra comemorar meu primeiro prêmio literário, no final de 2007. Um amigo em comum, o Tatá, nos apresentou no Jazz nos Fundos, uma balada quase secreta, ambiente cool com ótima música, escondido atrás de um estacionamento. Tatá deu um jeito de sair de cena para nos deixar a sós, e depois de uma noite inteira conversando sobre literatura e filosofia, a Joana me deu uma carona até minha casa. Eu senti que não poderia descer do carro sem um beijo e, para minha alegria a atração foi recíproca. O que mais me fez engrenar com a Joana estava por trás de seu olhar atento, na sensação que ela comunicava de querer realmente me *enxergar*. Quero dizer, não só a superfície, não só o lado A, não só a parte fácil que não desafia, mas o conjunto da obra, transitando naturalmente do lado sociável para o lado mais selvagem. Para resumir, era alguém que você podia apresentar tanto para aqueles poucos professores universitários que você ainda respeita quanto para o mais insano dos terroristas poéticos, e em qualquer desses universos ela estaria à vontade e estaria ao seu lado.

Ari Almeida veio de Curitiba pra São Paulo pra uma série de palestras sobre micropolítica. Telefonou e disse que estaria com uma camiseta azul, mochila nas costas e uma galinha pendurada na mão. A galinha ficaria apenas na intenção: ele queria cortar o pescoço do bicho vivo, fazer um workshop pra ensinar um prato típico do sertão nordestino. Estava disposto a apanhar dos vegans somente pra revelar as contradições deles (não violência contra os animais). Ele já não estava mais com seu grupo de origem, os Delinquentes, e procurava novos parceiros para ações como essa. Todos recusaram, eu também, que não achei que dessa vez ele estava escolhendo os inimigos certos. *Vou ter que seguir carreira solo*, disse ele, desconsolado.

Além da Joana, foram comigo o Macarrão, meu irmão e o

Dizis. Todos achamos o Ari feio de dar pena, com exceção da Joana, que relevou os sulcos de acne no rosto dele. Acho que nesse quesito, a opinião feminina conta mais pontos que a nossa — entre os machos, o que interessa é que todos o achamos um cara muito divertido, que, para alguém de comportamento antissocial, socializava conosco numa boa e empolgava com sua prosa malandra. Arrancamos o Ari de uma palestra que estava especialmente sem sentido, um neoludista se posicionando contra toda a tecnologia — segundo ele, *próteses eletrônicas* — sem se negar a usar o microfone eletrificado e o gravador de última geração. Ari lamentou também que a palavra mais usada nas palestras tenha sido *questão*. Essa esquerda que tanto problematiza, mas não vai a lugar algum, deixa *a questão* ainda no terreno melancólico das palavras. Talvez por isso, nem a anunciada dança de salão libertária o animou muito. *Quando for dança de salão libertina, podem me chamar.*

Mal começamos a circular pelo centro da cidade, Ari foi checar se estava no mesmo local uma pomba morta que ele havia malocado, à qual ele pensava poder atribuir algum uso terrorista. *Deixa eu ver se ninguém pegou,* disse ele com genuína preocupação, como se alguém pudesse se interessar pelo seu tesouro. Infelizmente, em nome de sua integridade radical, ele havia perdido uma fã linda, que se afastou com nojo da pomba.

A Joana chegaria a dizer que Ari tem algo de dócil. Pode ser o adjetivo menos esperado pra um terrorista poético que punha a mão em tanta coisa nojenta, mas ele conservava a índole de uma criança. Uma criança que não parou nunca de perguntar os por quês de cada coisa e que não se subordinou facilmente às regras e artifícios adultos, como todos fazem. Algo muito forte no Ari é a vontade de escancarar que temos muitos lados, que somos contraditórios. Ele nem esquentou com meu próprio paradoxo, de me interessar pelo terrorismo poético e pela "grande arte" ao mesmo tempo. O que interessa é passar a mensagem sem enganar a si mesmo ou aos outros, e estar contra os impostores. Dá pra ver nos gestos dele que é um homem de ação, que tudo o que ele diz ter aprontado, todos os riscos que ele correu, eram CAOS, mas não caô. Apenas temperou seus relatos com o tom grandiloquente de bom conversador, não fez ficção.

Na personalidade do espírito livre a energia flui desimpedida & portanto turbulenta, mas gentil — o seu caos encontra seu estranho atrator, permitindo que novas ordens espontâneas surjam (Hakim Bey).
 O mesmo delinquente que soltou baratas na sala de um cinema, na Páscoa deixou sorrateiramente um coelhinho de verdade de surpresa pra uma criança em uma das casas que invadiu.
 O fetiche da Lila nunca foi o sadomasoquismo, e sim corromper inocentes. Quanto mais pura a sua vítima, mais ela era corrompida pela doçura alheia.
 Maroca tentava fazer-se solar de tanto medo que vissem sua sombra. À menor aproximação, assombrava porque assombrada.
 Estou aqui pensando se a Joana teria sido a única pessoa moral em toda essa história. Penso que ela pensou que sim, por algum tempo. E penso que nossas maiores brigas se deram porque pra mim os papéis do criminoso e do inocente se confundem o tempo todo, e pra ela são um pouco mais estanques. Era nesse ponto que eu sentia que Joana não ia até o máximo de seu potencial, como no início eu esperava. E talvez ela desejasse algo semelhante para mim, que eu fosse mais longe, embora de outra maneira, mais estudada, mais

rigorosa, mais acadêmica. Nossos desentendimentos foram tragicômicos, afinal havia uma generosidade recíproca — porém com pontos cegos.

    Como eu disse, encontrei a Jana ontem. Ela, que anos atrás tomou as dores da amiga e engrossou o coro dos xingamentos contra mim, no bar bacaninha me recebeu bem, até me ofereceu cerveja. A própria Joana, dois anos depois do pior término de namoro dos últimos tempos, quando a encontrei em uma livraria, foi surpreendentemente simpática comigo. Meu único crime foi tentar torná-la mais livre e mais forte, infelizmente contra sua vontade, bisturi cortando onde dói. A palavra é crime, as pessoas reagem, gritam, defendem-se como se estivessem sendo atacadas. E eram mesmo ataques contra ela, mentalidade obcecada de terrorista e não pude evitar, a liberdade causa dependência. Muito tempo depois, tanto a Joana quanto a Jana me recebem com sorrisos. Será que, passado o terror, a poesia transpareceu?

Meu feriado está acabando. Viajo de volta esta noite, amanhã já tenho trabalho a fazer. Preciso tocar as traduções, responder um monte de e-mails, além de consertar o maldito telhado. Ninguém vai cuidar disso pra mim, vou pra Sampa ajeitar a casa, ou o que sobrou dela após o dilúvio.

    Quero apenas dar um mergulho no mar antes de fazer as malas. A praia está completamente vazia, não sei como as pessoas desperdiçam um pôr do sol tão glorioso. Melhor assim, o caranguejo humano se contenta com a companhia do mar. Algum dia desses, experimente a sensação de ter o mar inteiro só pra você, e sinta-se diluído na imensidão, e deixe que a movimentação imprevisível das ondas seja o ritmo de teu pensamento.

Como recompensa por suas atrocidades, o ex-terrorista merece um breve momento de paz, relaxar a respiração, por amor ao infinito.
Deixo vocês agora
& busco a comunhão com as águas
& todas as criaturas que sequer vemos, mas trafegam
& borbulham
& se devoram
& procriam
& se reviram
& vibram no mais harmonioso caos submarino.

ABANDONADO

Antônio voltava a pé do bistrô, contente, de alma leve. Barriga forrada de bons petiscos, o humor maravilhosamente leviano, desentendido de pesos e amarguras. Ele e um par de seus melhores amigos riram a noite inteira, contando mil casos e piadas, sem qualquer censura. Às quatro da manhã saiu à rua. Ofereceram-lhe carona, mas preferiu caminhar. Em momentos de pura jovialidade, não dispensava o ar livre. Era apenas mais um boêmio, acompanhando com a vista o esvaziamento gradativo dos bares. Ainda se ouvia a cerveja descendo nos copos, tilintares de vidro e alegria nas vozes altas, ébrias, dos que não iriam parar de celebrar antes do raiar do sol. Gingava satisfeito, ruminando sua fartura, o hálito de bom vinho, o rosto relaxado de tanto rir.

Próximo à ladeira, no gelado da noite, um menino abandonado. Tremendo, aflito. Tinha por volta de dois anos de idade, três no máximo. Chamava por uma mãe que não estava ali para ouvi-lo. Não conseguiria expressar o quão desprotegido percebeu aquele garoto, que não parecia entender inteiramente o que quer que houvesse lhe acontecido. Um menino de fraldas, perninhas gordas expostas ao vento, mal protegido de toda a maldade adulta que estalava em cada fresta, em cada sombra.

Antônio se aproximou lentamente. O menino não percebia seus movimentos, seu rosto virado contra o muro. Era como se bastasse não enxergar a cidade, olhar para uma parede qualquer, e a cidade também não o enxergaria. Ele era criança o bastante para esse pequeno delírio, a fantasia de que fechar os olhos equivale a fechar o mundo. Chegou um pouquinho mais perto, viu que ele estava chorando. Realizava algum faz-de-conta, gestos repetidos com as mãos, balbucios que eram suas palavras mágicas. Mesmo assim, ele não sabia onde encaixar o abandono da mãe em seu ritual. Até mesmo porque não há nada que possa substituir a ausência da mãe.

Antônio chamou a polícia, ficou ao lado do garoto esperando chegarem. Apenas observando, para se assegurar de que ninguém iria machucá-lo. Mas não conversou com a criança, não sabia que carinho lhe dar, achou que talvez se assustasse, saísse correndo, sumisse. Durante os dez minutos transcorridos até a viatura chegar, apenas vagamente o menino percebia que ele estava ali.

Dói um pouco lembrar do grito que o menino deu quando enfim o guarda chegou. Com certo cuidado, porém de um profissionalismo enojante, o policial o ergueu sem perda de tempo pela cintura e o levou ao carro. O menino se debatia, o guarda fazia sshhhhhh, em vão querendo acalmá-lo.

Passado o susto, pensou que deveria ter se envolvido um pouco mais. Não acompanhou o policial quando ele partiu, apenas respondeu às três ou quatro perguntas que lhe endereçou antes de o dispensar. Poderia ter ido um pouco além, ao menos descobrir em que abrigo o garoto passou o resto da noite, ou manter-se informado quanto ao que se passou nos dias subsequentes. Mas não soube nada, não procurou saber. Nem sequer se sua mãe está viva, ou o estado de saúde dele, ou se sabem seu nome. Não soube fazer mais nada.

Talvez porque terrível demais. Não queria se identificar com uma história de tamanho abandono, clepsidra enregelada, triste demais. Não é que não tenha sentido nada, não foi indiferença; ele tentou e não pôde. Tentou, sim, falar com o menino, bem que gostaria de lhe presentear com um pouco de atenção, dar ao menos uma voz melodiosa para ele ouvir. Alguém precisava falar com ternuras, era só uma criança, um menino daquela idade precisa de um mínimo de doçura, de esperança mesmo. Alguma coisa tranquilizante, titiritititi-ti, sussega minino bonito, tudo vai ficar bem, prometo pra você, titiritititi-ti, sussega, sussega, sussussussussega. Ou fazer uns carinhos na cabeça, ou dar um pouco de colo e balançar, ou apenas exibir um sorriso amistoso.

Mas não conseguiu. Porque havia perdido sua inocência de modo brutal, já fazia tempo. Não conseguia realizar sequer a mimese de uma ilusão infantil, e lamentava o quanto isso às vezes o tornava triste e severo. Não conseguia, estava além de suas forças. Sentiu que se desse um pedaço de seu coração para aquele menino, que tanto precisava, perceberia o quanto estava parecido com ele. O quanto, por trás das risadas e das aparências, estava tão sozinho como um menino frágil que chora, que precisa de um calor que nem mesmo sua mãe pôde dar.

Ele não queria chorar.

PRINCÍPIO DA INCERTEZA

Fora de foco, difícil dizer se o homem veste um jaleco branco ou uma camisa de força. Sotaque alemão, talvez escandinavo, a língua tropeçando no correr das frases: *Einstein disse, no final da vida, ser ilusória a distinção entre passado, presente e futuro.* A voz rouca, breves pausas regurgitativas, os pigarros como de máquina rangendo. Um estalo oco dos lábios. Dispara:

As ínfimas partículas de que somos feitos, as inenarráveis partículas subatômicas, nos escapam como um sonho mal recordado. Não se pode jamais precisar onde elas estarão a seguir, não se pode rastreá-las, fracassamos milhões de vezes ao tentar obter suas coordenadas. Apenas uma nuvem de probabilidades. Estão e não estão. Você diz aqui, e no instante seguinte, a realidade é apenas um palpite.

O espaço-tempo deformado, recurvo. Os corpos se atraem; também as temporalidades de uns e outros se atraem e se comunicam. Mergulhamos em ritmos alheios, ajustamos nossos relógios de acordo com o que nos envolve. Minha vista turva, como se eu precisasse de óculos. Por um segundo eu pisco, e ele não está mais à minha frente, teleportado para a minha direita. Mais uma piscadela, e eu o vejo à minha esquerda:

O futuro já existe, já acontece, atua sobre o presente. Como a matéria escura que não vemos, porém assina seus vetores. E quem poderá provar que o presente não transforma o passado, deformando-o sutilmente sem que percebamos? Tempo e espaço irregulares, condicionados pela incerteza.

A silhueta dele, a forma exata de uma pera. Ele parece querer se aproximar, mas ao menor gesto, se afasta.

Emaranhamentos, sincronicidades, reações aparentemente não causais. Matéria = energia = informação. Mas: não espere por uma sintaxe legível do Universo. Encadeamentos aleatórios nos envolvem em uma rede de significantes sem propósito. O mundo material, intangível como a mente, elusivo como o inconsciente,

discorre como se não percebesse estar de costas para mim, virado para a parede. Um cego que, na ausência de respostas minhas — e o que eu teria para lhe dizer? — na ausência de respostas minhas, revolteia pela sala. É o estudo dos ecos que o ajuda a me localizar.

Universo ou multiverso? Você acredita em realidades paralelas? Múltiplas histórias de cada um de nós e do cosmos.

Você, ele me disse, você que é poeta, atente para os deslocamentos.

Uma obra de arte tem o poder de alterar temporalidades. Passe de mágica contra a frieza das equações. Uma esperança de que o futuro não esteja predeterminado.

Ouvindo-o como ao chiado de um rio — eu que só queria saber se, em um mundo paralelo, bastaria não ter dito aquela frase sem pensar para que ela continuasse comigo. Apenas na ficção posso averiguar: que em uma realidade paralela, ajustadas as coordenadas, iríamos nos querer bem por um longo, longo tempo.

À janela, ouço uma voz, não me lembro mais se dele, dela ou minha:

Faça o tempo respirar com você.

ZÉ PRETO

para os Maloqueiristas

Chamavam-no de Zé Preto. Não gostava do apelido, mas consentia. Ao menos era um jeito de não se interessarem pelo verdadeiro nome, assim ele podia se fechar nos seus segredos. O pessoal do morro sorria ao chamá-lo pela alcunha, inclusive os playboys que subiam para comprar pó ou marijuana. Ele havia chegado a uma idade em que já não se importava com muita coisa. Nem com o vaivém das pessoas seguindo para o trabalho, nem com as fungadas de quem aspira uma carreira. Se ao olharem para ele não vissem mais do que a pele escura brilhando na penumbra, sabia que não poderiam incomodá-lo. Perguntas: por anos só lhe causaram constrangimento, mas nesta cidade não conheciam seu passado, e ele podia esquecer a identidade de outrora. Zé Preto: um bom disfarce.

Não tinha CPF, RG e muito menos conta bancária. Achavam que ele vivia de aposentadoria, e mal se interessavam por que profissão ele havia exercido. Se um ou outro perguntava, dizia que foi pedreiro. Mas ninguém pediria que ele ajudasse em um mutirão, notando-lhe os ossos castigados pelo tempo. Podia seguir tranquilo sua lenta descida até o fim dos dias sem que o aporrinhassem. Desde que tivesse seu cigarro, um bom café por perto, não precisaria de muito para encontrar relativa paz. Se fizesse sol, colocaria na cabeça um chapéu e alguma música na velha vitrola era o bastante para distraí-lo. Somente às vezes o coração disparava por conta de recordações que dilaceram, histórias de sangue ou de amor mal resolvido. Nesse caso, dois ou três copos de pinga serviam como remédio. Entornava a bebida de um gole só, como sempre fez desde a juventude.

Não era ruim envelhecer ali. A distância deixava as mágoas para trás. Violência em cidade pequena é só para quem quer brigar. O tráfico de drogas ainda displicente da região em nada lembrava o profissionalismo e o arsenal com que convivera em São Paulo. Na cidade cinzenta o sangue transbordava, já estava enjoado. Ali, em seu refúgio, o escoamento da vida se apresentava em um ritmo bem mais lento.

— Seu Zé Preto, você viu que mulatinha linda eu tô namorando? Acho que vou casar com ela.

— É, Zé Preto, meu velho. Eu gosto de dar aula pros meninos. Um bando de capetinhas, mas eu adoro cada um deles.

— Ah, Preto. Eu tô aprendendo cada receita gostosa que você ia lamber os beiços. A patroa me ensina todo tipo de torta e de sobremesa, só é pena eu não poder trazer pra casa.

Gostava de observar as pessoas, era seu passatempo predileto. Não era de gastar saliva à toa, mas se deliciava em escutar. Sentar-se em um banquinho e se encantar com os causos e as pequenas alegrias daquela gente. Achava que ali a maioria era feliz, apesar do trabalho árduo. Nada que os agroboys chamariam de prosperidade, mas um contentamento com a vida simples que tornava os dias leves e aprazíveis. Não se arrependia de ter demorado tanto para se tornar remanso. Por muito tempo ele foi rio veloz, vivendo em meio aos aluviões, sabendo que a confusão era parte de sua natureza.

Se soubessem o que ele tinha para contar, jamais o chamariam de Zé Preto. Não olhariam para ele como para uma figura folclórica, um "tiozinho" que adquire cor local e se integra à paisagem. Destoaria completamente do contexto, se ele falasse tudo o que vibrava em sua cabeça, se narrasse as memórias que o atravessavam. Após décadas vivendo como um maldito, já não queria mais os olhares arregalados, a reverência que se parece com temor, o respeito dos que não poderiam entendê-lo.

Zé Preto, portanto. Um nome bom, feitas as contas. Não gostava, mas poderia muito bem ter sido ideia sua, a de se vestir com um apelido desses. A memória já não era mais a mesma, começava a falhar, vez em quando se perguntava se não fora ele mesmo quem criara a alcunha. Um segundo nome artístico, que deixasse para trás as glórias do primeiro. Havia sido boa sua vida, porém mais do que boa, intensa, e chegava então o momento de relaxar. Algumas lembranças eram tão lindas que aqueciam mais que a xícara de café: adorou correr o Brasil todo, conhecer outros países, romper fronteiras, fazer sucesso com as mulheres e ganhar a admiração de gente importante. Ao fim da trajetória, contudo, queria ser só mais um. Voltar ao anonimato, onde ninguém se espantasse com o poeta premiado e reconhecido, famoso por transformar em arte a vida dos miseráveis na metrópole.

NO BLOG DA JESS

para os poetas da Piolheiras

Qridos leitores

Ontem fui p uma balada mto roots com minha amiga Japinha. Pra ser sincera eu esqueci o nome dela, naum sei mais se eh Yoko, Miyoko ou Miojo, mas a galera toda chama ela de Japinha agora eh tarde p mudar. Nao levem a mal, eu chamo ela assim com o maior carinho, pq tem um monte de outras japas q eu conheço e naum importa, se eu falo Japinha eh sempre nessa amiga q eu penso. Ela eh meu sushizinho. Eu falo pra ela q me dá vontade de ter uma pokebola p guardar ela dentro e levar p onde eu quiser. Ja pensou? Sempre q eu precisar de companhia, tiro a pokebola da bolsa e ela aparece toda eletrica bem chocante.

Qdo a Japinha me convidou pro Love Story, primeiro eu falei que naum queria ir. Ja tava cansada da Casa de Todas as Casas, eu ia lá sempre, nos velhos tempos q eu pagava a facu de Publicidade c programas. E tinha festa boa no Villa Country, pq a gente naum podia ir no Villa Country? Melhor q aquele bando de tarado, michê, todas aquelas putas fazendo concorrência, véinhos safados esfregando o pau mole nas nossas bundas. Eu disse: Naum, Japinha, eu passei dessa fase, qro um ambiente + intelectualizado, sabe? Mas ela insistiu falou q no Love Story a gente ia achar um cara bacana. Tá. Mas no minimo o cara bacana tem q ser um cara q me espera gozar ou nem tem conversa. A naum ser eh claro que ele tenha Mercedes jet ski e casa em Miami, qqr um fica + bonito e gostoso com uns bons acessorios! rsrsrs. Mas eh serio gente, dinheiro naum eh tudo nessa vida, e Jessica, falem bem ou falem mal, eh mulher que gosta de gozar!

Pra qm naum sabe, Love Story eh o lugar onde as garotas da Augusta vao depois do batente. Eu batia cartao lá. Tb bati algumas punhetas, meio escondidinha dos seguranças por baixo das mesas. As vezes um segurança via e fazia vista grossa, em vez de engrossar com a gente ficava era de pau duro. Esses caras são todos uns voyeurs, eu sei mto bem, apesar da profissao ser segurança eles nunca nos seguram. O mais incrível do Love Story eh q apesar do ambiente parecer um puteirão gigante, e apesar do público ser a escoria paulistana — mas eh a escoria q tem história vcs sabem — apesar disso a discotecagem eh das mais empolgantes da cidade. MC Sapao comanda! A Japinha sabe disso e mesmo ela sendo uma vacilona que naum gosta de cobrar pelo que deus lhe deu, prefere estar entre as putinhas do Love Story q as patizinhas do Vila Olimpia.

Bem q eu tentava na época da facu fazer minha amiga cobrar pelos, vamu dizer, dotes naturais. Pra pagar a mensalidade da facu só mesmo dando o... E a Japinha eh gostosa q nem as maiores celebridades do hentai, ia ganhar uma fortuna. Só naum tem os olhos grandões de hentai, o q eh até melhor: os homens veem os zoínhos apertados dela e querem saber se a bucetinha tb eh apertada. Eu mesma pagaria p dar umas lambidinhas nela, e olha que eu naum sou lesbica. Quero dizer, nao mto, né, aquela coisa bi-curious. Mas, vcs, leitores safadinhos, naum vao achar q só pq eu pego mulher de vez em qndo eu sou macho ou queria ser macho. Eu naum queria ter pinto naum. Já falei disso num outro post: acho q queria ter só por um dia. Pra dar umas balançadinhas, mijar de pé, deve ser engraçado. Mais que isso, tem q ser idiota pra querer ter bilau. Morram de inveja, homens, eu posso ter orgasmos multiplos! Olha, o q eu sempre falo eh que eu naum queria **ter** um pau, mas bem que ia gostar de **ser** um pau. Ja pensou? Vc pode ta na maior dureza e mesmo assim come bem. Aí come, come, come, no fim cospe no prato q comeu e ta tudo em paz!

Eu e a Japinha chegamos lá umas duas da manhã, qdo ainda tava esquentando. Entramo na hora q tocava o hino da casa: *Tô de whiskey e Red Bull/ Vou até as dez da manhã/ Gatinha tô preparado/ Tô no pique Vietnã.* Aquela coisa. O cheiro de perfume barato se misturando com suor, grudando nas paredes, nas colunas espelhadas. O batom q nao disfarça a herpes dumas garotas. e toneladas de creme q nao ajudam a enganar, minha filha, q a pele perde o viço depois de 10 homens numa noite! Vc vai pra pista e ve um monte de caras mto fortes fazendo pose de machoes, mas vc nao eh imbecil e sabe q meia hora atrás eles tavam de 4 p um enrustido qquer. Eh o apocalipse, mas por isso mesmo todos entram num ritmo contagiante, pq ninguem ali tem moral p julgar os outros. Quer circular pelos corredores de sutiã? Circula de sutiã, oras. Quer rebolar sem calcinha na plataforma p todo mundo ver? Entao rebola com gosto. Quer se esfregar em 3 homens ao mesmo tempo? Se joga, ninguém vai te impedir!

Já aprontei essas e mtas outras na Casa de Todas as Casas. Mas dessa vez eu tava + discreta. Naum sei se eram os olhos da Japinha brilhando tao meiguinhos q me encabulavam, naum sei se eh fase, só sei q nao queria ter q fazer strip p ganhar a atençao. Eu já tava com tudo, desfilando um vestido lindo de cetim azul e decote em V, minhas curvas apetitosas como nunca. A Japinha tava com um tubinho rosa maravilhoso a saia quase mostrando a calcinha. Um homem tinha que ser gay ou capado pra nao querer nos agarrar. Do primeiro tipo tem bastante, vao muitos michês pra lá, e do segundo tipo tb tem até nos ambientes mais lokos, eu sou mais macho q mto coitado q a gente vê por ae. Qdo a gente chegou a balada ainda tava meio vazia, e lá fomos nós cheirar no banheiro. Mas antes vou contar p vcs, só de ir da pista p o banheiro nós fizemo tanta cabeça virar p gente q eu fiquei hiper confiante, vi q a gente tava + gostosa q aquelas vacas todas! Chegamos no banheiro e aspiramos nossas carreiras, as duas mto comportadinhas. Foi uma coisa cheia de ternura, véi, as duas no mesmo vaso, ela no meu colo, mto quietinhas pra ninguém descobrir o q a gente tava fazeno. O espelhinho, antes de esticar as fileiras, nós usamos p retocar a maquiagem e ficamos olhando com os rostos colados um no outro, vendo como ficamo bonitas juntas. Nessa hora naum resisti e tasquei 1 beijaço na Japinha. Os labios dela tavam c gosto de morango, ela ficou ofegante de tanta vontade. Senti bem gostosa a boca dela, dei um tempo fazendo voltinhas na língua dela e só entao nós cheiramos. Claro, naum dava pra nao rir, nós soltamos uma gargalhada q parecia nao acabar mais. e acho que isso irritou as putinhas que tavam na fila, elas começaram a bater na porta. Elas gritavam assim, as vadias:

— Vamos parar com vagabundagem e sair dae q eu preciso mijar!

Eu ainda quis sentir um pouco + o corpo da Japinha, queria por a mão na calcinha dela mas a histeria do lado de fora começou a ficar tao vulgar que tivemos q interromper. Abrimos e demos de cara c 1 loirona desgrenhada e horrorosa. Ela tinha uma boca tao cheia de caries q precisamos tomar uns drinks p esquecer do bafo dela.

Fomo direto pro balcao. 2 goles de vódega com gelo, uns bons beijos na boca e a gente tava de novo bem disposta. Uma delícia o batom sabor morango. Ainda tinha mta balada pela frente e a gente tava pronta pra dançar. Minha amiga toda contente, os olhinhos brilhando, remexendo aqla bunda redondinha tava me deixando malukinha. Ela se esfregava em mim e eu me esfregava nela e eu naum resistia pegava nos peitinhos e ela tb nao resistia e me beijava na frente de todo mundo. Eh claro que a homenzarrada vibrava com nosso show. Os mais afobadinhos já colavam falando besteira, falavam q queriam entrar de trenzinho e outras safadezas. 1 deles só rindo muito, bem direto: "Vai um peruzao ae pra fazer sanduiche?" Nós éramos as mais poderosas da pista, as duas gostosíssimas e os caras só babando.

Mas nao é que de tanto homem chegando começou a dar vontade? A gente já tinha dispensado... quantos? Uns 6, 7, 8? Acho que mais, nao cabe nos dedos da mao. E minha amiga com aqle olhar de safada eu logo entendi. Ela tava começando a ficar tentada com a ideia de chamar + 1 pra nossa festinha. Eu nao achei ruim, eu queria mesmo era libertar a devassa q mora na Japinha, eu sempre soube q tava ali escondidinha. A gente era as donas da noite, a gente podia escolher quem quisesse, de preferencia um macho bem bonito e sarado.

"Aquele ali", a Japinha cochichou no meu ouvido esquerdo. "Quem ele pensa q é p ficar olhando em silêncio?" Virei pra conferir e gostei mto da escolha da minha menina. Era um cara alto, de quase 1,90m, com maos fortes, um porte atletico. As sobrancelhas castanhas, grossas, tipo um ar sedutor, sabe? Ele ficava olhando pra gente, quase salivando, mas nao saia do lugar, ficava só de tocaia. Entao eu tasquei um beijo na minha amiga daqueles de arrepiar e com o canto dos olhos fiquei encarando ele, pra ver como ele reagia. O cara captou a msg e sorriu, acho que deu até uma estremecida. Dançamos mto, ainda + provocantes eu descendo até o chão alisando as coxas grossas e lisinhas dela. Mais uma música, mais duas, mais três, e o cara dançando no canto dele, sem parar um segundo de olhar pra gente mas sem tomar atitude.

"Ele nao vai fazê nada?", a Japinha tava ficando desapontada. Ela começou a desanimar nem rebolava + com a mesma graça. E eu vou dizer pra vcs, eu naum ia deixar ela perder o ritmo, alguem precisava tomar uma atitude e logo. Nós duas lá, a cocaína fervendo nossos neurônios, eu morrendo de tesao, eu sabia q ia conseguir o q queria. Nao consigo nem lembrar o q a gente falou, mas lembro que ele ria mto, e tinha uma voz agradavel. Era eu quem conduzia o papo, ele só seguia o embalo meio q só cumprindo o papel. Aquelas sobrancelhas iam lá pra cima qndo ele ria e tava tudo em casa. A Japinha rindo junto, relando de leve nos braços dele. Eram uns braços fortes, e eu q naum escondo nada vou dizer, bem + fortes q a cabeça dele. Ele tinha umas ideias fracas, mas por mim ele podia ser mudo, só queria conferir se ele sabia ler lábios. E beijei ele. Entao foi como se ele despertasse, e o danado entendeu tudo mto rápido e me beijou de volta, e beijou a Japinha na sequencia. Todo mundo olhava p nós morrendo de inveja. rsrsrsrs. o maior centro de perdiçao e a gente se achando! A noite tava ganha.

+ uma rodada de vódega + luzes + música + mta dança. Antes de a balada começar a esvaziar a gente saiu de lá direto pra 1 motel. No taxi eu sentia o pau dele por baixo da calça e queria deixar duro sem parar. Nao podia amolecer, no trajeto todo pelas ruas da cidade até o quarto q a gente chegou, com a cama oval. A gente falou bem na cara dele q ele era só um objeto. A gente ria das piadas q ele contava e tudo, mas naquela altura a gente ia rir das piores piadas do mundo q a diversao tava garantida. Eu e minha menina nos pegavamos com uma emoçao indescritivel, o cara tava lá como nosso mascote, como um apetrecho a nossa disposiçao. Mas vcs podem imaginar ele nao tava achando mto ruim ser usado por 2 beldades como nós.

Arrancamos a calça dele, e eu juro q nunca vi um pau tao emocionado. Por 1 segundo achei q ia ver lágrimas nos olhos dele. Entaum a gente fez um pequeno concurso p ver quem chupava melhor. Minha técnica eh + apurada, eu pego delicadamente nas bolas e vou com a boca até o final, indo e voltando. A Japinha eh + moleca, ela lambe desenfreada com uma gula de menina, parece q tá tomando sorvete. O cara, como era de se esperar, nao quis dizer quem venceu. Claro q fui eu, mas ele ficou fazendo media com as duas e o espertao tb falava q precisava d + uma rodada pra decidir. Naum, eu já tinha sentido o gosto do cara, agora eu queria saborear a Japinha. Empurrei ela com força na cama, tirei a calcinha com os dentes e mandei ver. Ela tava mto molhadinha e quente, e eu mto orgulhosa dela, safada como nos meus sonhos mais obscenos. E eu fui sentindo o interior dela enqto ela gemia devagarinho. Aquela parte entre a coxa e a virilha dela eh bem musculosa, uma coisa q nunca vi antes. Naquele momento confesso q eu queria ter um cinto-pica pra enterrar nela com toda força.

E eu tava nesse movimento, minha bunda arrebitadinha, de repente senti nosso rapaz me entrando por trás. No começo, ele ainda foi se ajeitando, procurando o encaixe, depois foi bombeando com + força. E foi ficando + rápido e com o impulso dele meu corpo ia todo pra frente e por tabela eu fazia o corpo da Japinha balançar junto. A cama inteira ficou chacolhando e rangendo por um tempo q eu queria q nunca terminasse. Nosso garanhao nao tava indo mal ele era a máquina de sexo q a gente precisava. Tive que reconhecer a sabedoria oriental da Japinha. ela captou, com ondas alfas bem treinadas pela meditaçao zen, q aquele cara meio contido sabia conter o orgasmo. Ainda bem, pq a tarefa dele era dobrada.

    Só decepcionou um pouco qdo teve q se dobrar d+. Felizmente deu tempo de eu gozar a primeira vez, entaum nós mudamos as posições. Ele queria traçar a Japinha sem parar de chupar meus peitos. Eh perfeitamente compreensível, naum dá pra resistir aos meus peitoes. Entaum, mesmo engatando tao gostoso na Japinha, ele nao parava de se contorcer todo para mamar em mim, maluco da cabeça. E foi justamente essa tara q provocou a tragedia! rsrsrsrsrs. O q aconteceu é q nosso esforçado combatente começou a se revirar com caimbra! Parou tudo! Desceu da cama e ficou andando de um lado pro outro com umas caretas mto comedia. Maior barata tonta pisando e repisando os pés, reclamando de dor, enqto isso o peru murchava bem tristinho. Nao tinha como naum rir! Ele ainda tentou voltar pra açao, mas a caimbra era traíra, nao ajudava o pobre infeliz a completar a fantasia dele. A Japinha gargalhava, só falando q ia mijar de tanto rir. Nao, nao mijou, mas continuou molhadinha, e foi na minha boca q ela gozou. E eu gozei com os dedinhos dela, uma coisa incrivel. Entaum abraçamos uma com a outra e fizemos mtos carinhos ateh adormecer. Mas antes, mto solidarias e gente fina q nos somos, demos uma maozinha p nosso amigo despejar o leite quente e parar de reclamar. Melhor nosso dez contra um do q o cinco contra um dele. E ele ficou bem bonitinho qdo pegou no sono, babando de boca aberta, como vcs podem ver na foto.

    Assim termina + uma deliciosa aventura da Jessica sua maluka favorita! Se gostou deixa comment. Bjs bjs bjs!

MICROFONIA

O sangue, no corte pouco abaixo do joelho, coagulava, mas os cacos de vidro nenhum dos dois se prestava a recolher. Permaneciam calados, em cantos opostos, na salinha mofada que se passava por estúdio. Ao menos a vontade de trocar acusações havia passado, em grande parte devido ao ridículo da situação. Michel estilhaçando a garrafa de Red Label contra o chão, sem calcular que os estilhaços anulariam a veemência de seus impropérios. Mara apenas resmungou *Quem mandou usar essa bermuda imbecil?* Ele não se animou a retrucar. Sua resposta foi sentar-se recostado na parede e empunhar o baixo elétrico, sua espada e seu escudo. Ela fez o mesmo com a guitarra, não sem antes lhe fulminar um olhar de fêmea vingativa.

A pergunta que precedeu o pequeno ataque ecoava sem resposta. *Então é assim? Acabou tudo? A banda, o casamento, e tudo o que a gente viveu nos últimos anos?* A crise não era nova, porém jamais havia sido enunciada com todas as palavras, apenas espreitava os pensamentos de ambos sem formulação explícita. Ainda compartilhavam algo, ainda havia faíscas, furor e calor, sangue latejando dentro. Ainda se magnetizavam. No entanto, após cada apresentação, a excitação errava de rumo. Em vez de aquecer a cama, a energia ia direto para a lavanderia. Mara, se estivesse de melhor humor, acharia graça da imagem que surgia inadvertida em sua cabeça, a capa de *Washing Machine* do Sonic Youth.

Não estava com a menor vontade de rir, mas não era à toa que Kim Gordon e Thurston Moore pingavam em sua mente com a indiscrição de harmonias em distorção. Como é que conseguiam, afinal? Criar um som tão dilacerante e permanecer juntos, no palco e no quarto, por três décadas? Achou que seria assim com ela e Michel, mas evidentemente estavam falhando em algum ponto. Sentia-se no escuro, tentando decifrar um mistério em braile. Os dedos agitados, buscando o que à vista escapava. Os lábios não emitiam som algum, mas tremiam imperceptivelmente, acompanhando a melodia. *Tell me that you wanna hold me, tell me that you wanna bore me, tell me that you gotta show me.*[1]

Michel sentia, como uma formigação, a vontade de acompanhá-la, na esperança de que, como em outras tantas vezes, as mágoas fossem esquecidas após tocarem juntos por uma hora ou duas. A banda e o casamento eram indissolúveis, um mesmo voto de união. Seu orgulho, no entanto, falava mais alto. Dez minutos atrás, ela dizendo que ele é um inútil, que não ia amadurecer nunca, que não saberia nunca ser um marido. *Tell me that you can't afford me.*[2] Então, não, não iria fazer de conta que estavam no mesmo compasso. Ela, se quisesse, que seguisse uma canção escolhida por ele.

Nada como Frank Zappa para provar que o humor pertence à música. Um humor corrosivo, filho da puta, que faz rir com superioridade, mas irrita profundamente a quem serve a carapuça. Ela que entendesse como quisesse, ou aprendesse a rir um pouco mais de si mesma. Por acaso ela se apiedou

---

[1] *Diga que você quer me abraçar, diga que você quer me aborrecer, diga que você tem que me mostrar.*
[2] *Diga que você não dá conta de mim.*

do vidro cortando sua perna, ela se preocupou em atenuar o embaraço? ou zombou por cima? Filha da putice, então, *The torture never stops*.³ Quase uma aposta: será que ela ia aguentar dez minutos de provocação? Seria ótimo se ela baixasse a guarda e soltasse aqueles gemidinhos orgásmicos que só ficam atrás dos de Jane Birkin. Poderiam fazer as pazes transando agora, em vez de ficar com picuinhas cretinas, o controle que ela quer exercer sobre cada detalhe insignificante. E daí que o aluguel tá atrasado, e daí que as tarefas domésticas são sempre adiadas? Ela se esquece de ser parceira, fica reclamando dos detalhes, quer transformar a casa num reformatório, porra. *A tiny light from a window-hole a hundred yards away, that all they ever get to know 'bout the regular life in the day.*⁴

Ele é um idiota. Como pode ser tão idiota? Parece que se esforça pra estragar tudo, pra irritar quando alguém mostra o menor sinal de que quer uma trégua. Duvido que a Kim e o Thurston sejam assim, eles são mais espertos, têm que ser. Precisa ser uma burra pra se apaixonar por um homem tão tapado, tão incapaz de valorizar a mulher fodona que ele tem. Ou será que o erro é justamente me comportar como uma mulher de atitude, em vez de me sujeitar a um papel mais humilde? Saco, preciso ser que nem minha mãe pra fazer um casamento funcionar? Não, não é pra acreditar nisso, não é pra aceitar aquela coisa morna, apática, sem vida, sem tesão. Eu quero tesão, mas só encontro tensão. E isso nem merece comentários, o Michel com um sorrisinho muito mal disfarçado, tocando com o rosto virado pro lado. *The torture never stops?* Há. Acha que tá abafando com a pose dele.

---

3 *A tortura nunca para.*
4 *Uma luz tênue de uma janela a cem jardas de distância é tudo o que podem ter da vida normal durante o dia.*

O que ele espera que eu vá pensar, com uma indireta dessas? Uau, Michel, como você toca bem! Ele deve achar que eu vou arrancar a roupa e dar pra ele agora mesmo, não acha? Ah, meu bem, você tá muito enganado. *All men be cursed, all men be cursed.*[5]

E eu apoiei esse babaca nas escolhas mais estúpidas que ele tomou na vida. Ele queria de qualquer jeito uma hortinha de maconha em casa. Tá bom, era legal pra oferecer pros amigos e pra fumar quando dava vontade. Mas e o medo que eu tinha da polícia ferrar com tudo? Principalmente quando a gente dava festa até tarde e os vizinhos reclamavam. Ele não queria nem saber, dizia que podia ir pra prisão, que ia ser bom pro currículo. E quando meus pais visitavam a gente? Eu dei as desculpas mais esfarrapadas para eles nunca irem pro jardim. *Eu vi mosquito da dengue lá fora, pai, vamos ficar aqui dentro que é mais seguro.* O que me torra o saco é que ele nunca faz concessão nenhuma, eu é que tenho que cuidar dele, que nem criança. Ele fica bravo quando falo isso, mas é verdade, até hoje ele não sabe se virar sozinho. *I want more than I can get.*[6] Ele se gaba de ter um ouvido absoluto, não perde uma oportunidade de se vangloriar pros desavisados, mas deveria ouvir a mulher dele de vez em quando. *Nothing ever lasts forever.*[7]

É mesmo o que ela quer, caralho? Quer terminar com tudo, com a banda, com a vida de casal, com tudo que a gente construiu junto? Quer que eu me foda sozinho e cada um pro seu lado? Cuidado com o que você deseja, você pode conseguir. Mas não pense que vou passar a vida me lamentando. Você foi ficando cada vez mais chata com o passar dos anos,

---

5 *Todos os homens sejam amaldiçoados.*
6 *Eu quero mais do que consigo ter.*
7 *Nada dura para sempre.*

gata. Não são as rugas no canto dos olhos, garanto que não é isso — o que ela não disfarça com maquiagem nenhuma é o quanto envelheceu por dentro.

    A gente costumava se divertir. Quando foi a última vez que a gente se sentiu acima de tudo e de todos, que a gente teve aquela sensação do mundo cabendo nas mãos? *I want it now, I want it now.*[8] Por que nunca mais uma ousadia, uma novidade, um feito memorável? Como daquela vez que apareceu um fã idiota no camarim. Devia ter acabado de passar *Proposta indecente* em alguma sessão da tarde, o cara já foi pro show com a ideia fixa. O resto da banda tinha vazado, e ele com uma mala cheia de notas, se achando o próprio Robert Redford. O que a Mara fez? Poderia só despachar o mala, mas baixou minha calça e chupou meu pau, bem demoradamente, com gosto, pro safado passar vontade. Pra deixar bem claro quem era o homem e quem era o fantoche, e que a conta bancária dele não nos impressionava. Foi do cacete. Eu peguei a Mara pelos quadris pra gente olhar bem pra cara dele e rir do coitado. A cada tentativa do infeliz de pôr a mão, ele era mais humilhado. *Mantenha-se no seu lugar, seu brocha.* Ou então, *Pode bater punheta, se quiser, mas fique longe.* O cara se sentiu tão pequeno, tão pequeno, não conseguiu ficar de pau duro. E ela gozou como nunca naquele dia. Ela gozou tanto, por que a gente nunca mais fez nada parecido?

    Agora sou eu quem ela provoca e exclui, agora é pra mim que ela fala *mantenha-se no seu lugar.* Eu sinto muita falta do pó. Muita, a cada dia é mais difícil resistir... mas sinto mais falta ainda das loucuras que a gente fazia, e... Merda. Ouve isso, Mara. Só as primeiras notas, você já vai lembrar qual é o refrão. É, pela cara dela, já pegou a mensagem. *I do get bored,*

---

8 *Eu quero agora, eu quero agora.*

*I get bored, in the flat field, I do get bored.*⁹ Eu me entedio, muito, com você, vendo tevê de tela plana, ou no plano horizontal da cama, ou na meditação que nunca nos leva ao nirvana.

Mara para de tocar e lhe mostra o dedo médio. O som do baixo abafa o que ela diz, mas pelo movimento dos lábios ele sabe que é *enfia*. Sua vontade é de quebrar a guitarra na cabeça dele. Como se ela também não sentisse tédio, depois de tantos anos de casamento. Como se ela não pensasse, ao fim de cada show, na quantidade de homens que ela poderia ter, e que trepariam com muito mais gosto, com muito mais vontade, simplesmente porque não eram casados com ela, porque não estavam na rotina. Aos trinta e dois anos, ainda era considerada uma das mulheres mais *sexies* da cena.

Eu poderia dar pra outros, pra dezenas, pra centenas de outros. Talvez ele nem se importasse de ser corneado. Talvez ficasse excitado. Não passa uma semana sem ele se lamentar da mesma coisa. Sempre a saudade da época em que a gente fazia sexo a três, a quatro, a cinco, sei lá, até perder a conta. Ele nunca vai aceitar que isso acabou, que agora eu tô em outra? O que tem de tão estranho em dizer que cansei, que literalmente a gente já quase morreu de tanta loucura? Quero experimentar de outro jeito, quero ter um filho, quero vida nova. *Where is the string that Theseus laid, find me out of this labyrinth place.*¹⁰ Nem por um minuto ele consegue parar com brincadeira e falar sério? A gente passou pelo pior juntos, ok, a gente tá vivo, mas falta muito. Todo mundo que se livrou do vício diz que não dá pra largar sem preencher o vazio que a droga tapava. Alguma coisa que dê mais sentido pra vida. Não temos religião, porra, não temos esse conforto que os crentes têm, precisamos

---

9 *Eu me entedio, eu me entedio, no campo plano, eu me entedio.*
10 *Onde está o fio que Teseu deixou, mostre-me a saída deste labirinto.*

inventar outra coisa. Qualquer coisa, boceta, sei lá, a gente precisa tentar.

I have climbed the highest mountains, I have run through the fields, only to be with you.[11] A cara dela tá me dando pena, não gosto de ver a Mara tão triste. Melhor não falar mal do Bono agora, não é um bom momento. Ela cresceu ouvindo isso, melhor ficar quieto pra não piorar o clima. Não é que essa música seja ruim, tem coisas que eu gosto do U2. Mas aquele lance messiânico não dá pra aguentar. O cara acha que tá salvando a humanidade. Ele aperta a mão dos maiores cuzões do planeta, dos políticos que tão fodendo sem dó. Pra quê? Pra todos ficarem bem na foto, inclusive os piores políticos, que em vez de cuzões, vão parecer *cool*? Sou mais a atitude de um Bob Dylan ou de um Johnny Rotten, que não facilitam tanto. *I still haven't found what I'm looking for.*[12] Ok, às vezes ele consegue alguma coisa, arrecada uma grana pra assistencialismo, salva umas pessoas na África, beleza, até prefiro ele do que a Madre Teresa. *I have kissed honey lips, felt the healing in her fingertips.*[13] Tá, ele canta melhor que a Madre Teresa, pelo menos é o que suponho, nunca ouvi aquela velha cantar. Mas não é aí que estão nossas diferenças? Ela cresceu ouvindo U2, e o que eu ouvia era outro esquema. Não era rock de um galã gente boa, era de uma cena mais suja, mais inconformada e mais junkie. *I'm the man in the box, buried in my shit. Won't you come and save me?*[14]

---

11 *Eu escalei as montanhas mais altas, eu corri pelos campos, só para estar com você.*
12 *Eu ainda não encontrei o que estou procurando.*
13 *Eu beijei lábios de mel, encontrei a cura nos dedos dela.*
14 *Eu sou o homem encaixotado, enterrado em minha própria merda. Você não vai vir e me salvar?*

É por isso. Ninguém entende como eu aguento um cara tão complicado, tão perturbado, mas é por isso. Ele tá sempre pedindo pra ser salvo. Quem vê de longe acha que nada o atinge, mas o Michel que eu conheço tá sempre me pedindo ajuda. E ele não é nenhum imbecil. Ele sabe que nunca largaria as drogas sem mim, eu ouço da boca dele o tempo todo. O cara quase morreu mais de uma vez, e mesmo assim não encontrava forças sozinho. Eu segurava bem firme na mão enquanto ele suava frio. *Deny your maker.*[15] A gente não tem religião, só tem a música e um ao outro. Agora ele tá com medo de me perder. Não sei se é porque me ama ou se é cagaço. Sem mim, ele não ia aguentar dois dias limpo. Dois dias, é o que ia levar até ele voltar pro pó e pras seringas. Eu posso não valer muita coisa, posso ser uma porcaria de esposa, mas se não fossem meus berros, ele já teria concluído a rota da autodestruição a sete palmos.

Saco. Espero que ele não veja que eu tô chorando. Eu tô sendo tão forte, não tô? Por que é que os malditos canais lacrimais não percebem o quanto eu tô sendo uma mulher corajosa? Por que eles não me obedecem? Deveriam ser como qualquer músculo: se a gente faz força, eles respondem como a gente quer, mas parece que é o contrário.

Mara se levanta. De costas para Michel, para que ele não a veja chorando. Não quer ir correndo para o banheiro, quer aparentar controle total sobre seus gestos. Acende um cigarro, virada para a porta. Michel para de tocar o baixo. O silêncio é constrangedor, Mara ainda não quer ouvir a voz dele. Antes de ir para o banheiro e acertar a maquiagem borrada, desloca-se até o laptop, sempre olhando para a parede oposta. Deixa rodando uma de suas músicas favoritas.

I found her on a night of fire and noise, wild bells rang in a wild sky. I knew from that moment on I'll love her till the day

---

15 *Negue seu criador.*

that I died.[16] Ela estava chorando? Detesto isso, detesto ver a Mara chorando. É péssimo. Ela tem chorado muito nos últimos tempos. Por qualquer coisa. Quando ela tá assim, parece que nada do que eu falo funciona, ela sempre termina dizendo que *eu não entendo*. Da última vez, só porque eu disse que não tenho certeza se quero ter filhos. Ela nem me deixou pensar no assunto, falou que a gente *precisa* ter filhos. Por que alguém *precisa* ter filho? Ainda mais quem tá sempre em turnê, por que ela acha que seria uma boa? Ela diz que a gente precisa apostar mais alto do que nunca, se quiser salvar o casamento, e que a gente devia amadurecer. Mas por que raios ela pensa que eu seria um bom pai?

Do you love me?[17] Nós já fomos tão mais próximos. Será possível que logo agora, que estamos os dois limpos, que passamos pelo pior, não conseguimos mais nos entender? Não quero pensar assim, que foi tudo uma viagem prolongada de estimulantes artificiais. Merda, ele vai ver que a maquiagem borrou, não tô conseguindo acertar. Eu não queria estar com essa cara, eu só queria voltar a dar risada, como antes. Ou nunca mais vamos ter um momento bonito juntos? Eu sempre lembro da vez que ele achou na internet a foto daquelas gêmeas xifópagas, do Tunga. As duas meninas, lindas demais, unidas daquele jeito pelos cabelos, como se os cabelos fossem órgãos vitais, com veias importantes que não poderiam ser cortadas. Ele achou graça e quis imitar a foto, trançou nossas mechas e disse que também somos xifópagos. Que não se poderia separar um sem matar o outro. Sua voz, tão rouca, estava suave naquele dia. *Do you love me?* Eu

---

16 *Eu a encontrei em uma noite de fogo e ruído, sinos selvagens tocavam num céu selvagem. Eu soube a partir daquele momento que a amaria até o dia de minha morte.*
17 *Você me ama?*

disse que somos gêmeas xifópagas lésbicas incestuosas. Nossos rostos bem pertos, os cabelos entrelaçados, e ele disse que sempre quis ser uma gêmea xifópaga lésbica incestuosa.

Do you love me? Acho que, de todo o universo, essa é a pergunta que mais recebe mentiras como resposta. Mas com essa música, com a voz cavernosa do Nick, não é um Eu-te-amo burocrático que ela está pedindo. Não é aquele beijinho rápido antes de ir para a padaria. Não, se eu não for sincero, ela vai perceber. *Our love-lines grew hopelessy tangled, and the bells from the chapel went jingle-jangle.*[18] O céu e o inferno nunca pareceram tão próximos. O amor tem esse peso, é atordoante. Ao mesmo tempo encanto e afronta. *Do you love me?*

Estou ouvindo o som da descarga. Ela deve voltar a qualquer segundo. E então, vamos ter que conversar. Não sei o que vai acontecer, só sei que vai ser a conversa mais séria que já tivemos na vida. Queria ganhar tempo. Sim, eu a amo. Às vezes mais, às vezes menos. Como saber se é o suficiente? *I try, I do, I really try but I just err, baby, I do, I error.*[19] A canção parece que me acusa de não saber o que fazer com o amor. Se eu pudesse ganhar tempo de alguma maneira, mas estamos em uma emergência. Ou a gente começa agora a se acertar ou acabou tudo. O barulho da torneira, ela está vindo, e eu me sentindo o pior dos malditos por não ter a menor ideia do que dizer a ela.

---

18 *Nossas linhas de amor fatalmente se enlaçaram e os sinos da capela soaram.*

19 *Eu tento, mesmo, eu realmente tento, mas err, querida, eu erro.*

PROJETO PARA UMA EXPOSIÇÃO DE ARTE QUE JAMAIS SERÁ REALIZADA

Folhas pregadas em um painel de madeira compensada. No alto, o título da apresentação: *Poderá a arte ir além do homem?*

1 - Se você fosse um cachorro, provavelmente não demonstraria um interesse cultural por nada do que se possa visualizar nesta mostra. No entanto, teria sua atenção capturada pela música que neste momento está sendo tocada ao fundo. Se você está lendo esse texto, creio que seja um ser humano e não um cachorro, e isso me faz concluir que você não está ouvindo nada. Porém qualquer cachorro, desde que não seja surdo, pode ouvir o som que as caixas acústicas estão emitindo incessantemente, *Assim falou Zaratustra*, de Strauss — tocada em uma frequência inacessível para nós, contudo muito estimulante para animais de ouvido mais aguçado.

2 - Desde os primeiros raios de sol até o crepúsculo, uma quantidade d'água (não importa exatamente quanto, nem quando ou onde, pois o Sistema Internacional de Medidas não altera em nada o que as moléculas sabem de si mesmas) foi sucessivamente evaporada e solidificada em um pequeno

laboratório. Essa experiência levou em consideração a sugestão de Deleuze e Guattarri de que *há em toda parte forças que constituem microcérebros, ou uma vida inorgânica das coisas,* ou mesmo uma espécie de subjetividade latente na matéria. Nesse caso, as moléculas d'água, elas mesmas, teriam sido atravessadas por um acontecimento inusitado em suas vidas ou proto-vidas. No experimento, as moléculas mal se solidificavam, já estavam evaporando novamente; mal atingiam o estado gasoso, recebiam uma queda abrupta de temperatura, ininterruptamente. Essa oscilação ocorreu ao longo de tantas horas e com um intervalo tão curto na transição de um estado para outro que as moléculas jamais poderiam ter uma experiência semelhante em condições naturais. Se acaso há vida inorgânica, tantas contrações e expansões não passariam despercebidas pelos verdadeiros fruidores dessa experiência. Ivan Hegen, o único ser humano presente no processo, pôde afirmar que sua ligação afetiva com o processo todo foi mínima, pois, do ponto de vista externo, ou seja, de quem não se solidificava ou evaporava, tratava-se de algo totalmente tedioso, monótono, mecânico e desprovido de poesia. Para as moléculas d'água, no entanto, deve ter sido uma intervenção fascinante.

[Inserir, bem pequena, a foto mais objetiva possível do experimento, de caráter documental, sem o menor apelo estético]

3 - *(Em uma pequena nota, etiqueta sob uma folha em branco:)*
Esta obra consistiu nos gestos dos dedos do artista, um centímetro acima do papel. Apenas isso: os gestos dos dedos nus, sem deixar marcas, um desenho no ar. A obra foi essa trajetória sobre o papel durante um curto espaço de tempo. A folha de papel não é a obra, é a sobra, o resquício da obra. A obra não foi vista por você, não tem valor algum para você.

Nem mesmo como arte conceitual. O que temos aqui não é arte nem mesmo para seu autor, cuja memória é fraca quando se embriaga e já se esqueceu completamente do desenho. A obra é para Deus, e apenas no caso de Ele existir. É muito provável que essa obra de arte não se dirija a ninguém, já que nada garante a metafísica. Nesse caso, o que temos aqui é um papel em branco, comum, e não é pelo fato de se encontrar em um espaço expositivo que adquirirá valor para quem quer que seja.

NO MEIO DO CÉU
HAVIA UMA PEDRA

Para meu irmão Eduardo

— *O tempo não existe.*
— *O tempo existe, sim, e devora.*
(Caio Fernando Abreu)

Meu cérebro: limitado pela materialidade e por eventos que fogem ao meu controle, os quais serão interpretados sempre de maneira distorcida. Dialoga incessantemente com as sinapses alheias, que também são apenas consequência natural da agitação das partículas. Não é livre, determinado pela História, pela biologia, pelo inconsciente, pelo passado familiar e pelas casualidades. Posso mesmo dizer que sou diferente de um robô qualquer? O que sou eu, além das contingências que me definem? Quando faço alguma coisa, sou eu mesmo que faço? Ou estou apenas cedendo a um fluxo de ações e reações, que em muito antecedem meu nascimento? Eu queria poder dizer *eu* com mais convicção. Mas o que é esse *eu*, senão o resultado das minhas sinapses, e estas, apenas respostas a estímulos anteriores? Considerando a tese do determinismo psíquico: nós controlamos nossos pensamentos? Ou estaria tudo previsto desde o Big Bang, já que nada escapa das leis da física, nem mesmo o embate das ideias? Toda a História da humanidade: possivelmente, nada mais que um desenrolar de fatos inevitáveis, todos submetidos à cadeia causal, inclusive cada sílaba de cada diálogo e cada pincelada de uma obra de arte. Todas as guerras e revoluções: nem conflito de classes, nem movimento do Espírito Absoluto, menos ainda a vontade de um deus esteta, mas o desdobrar-se imperioso da matéria com seus signos. Cada gesto, uma obediência, não à lei divina ou à lei do homem, mas às leis da inércia. Temos apenas a ilusão de que fazemos escolhas, mas cada uma delas era matematicamente previsível bilhões de anos antes de nascermos.

 Melhor tomar meu antidepressivo. Vai, engole, não precisa de água, não, engole a seco. Melhor assim. Deixar o remédio alterar minha concepção de mundo, deixar a medicina interagir com a mente. É pura química, a dose correta de serotonina para mudar o rumo de cada frase pessimista que eu iria pensar. Iria, não vou mais. Não sei quem pensa, se *eu* ou a química, mas devo engolir o remédio, por sobrevivência. Para que o Comando Água não me pegue deprimido, não me elimine como os outros. Semana passada foi o vizinho do andar de baixo, se não me cuido serei o próximo. Melhor deixar de lado filosofias como essa, evitar os pensamentos perigosos. Ninguém tem direito à infelicidade neste mundo superlotado. Eu não sou exceção à regra.

Seu humor está mais sombrio que o usual, pois ontem ele consultou um oráculo. As previsões não foram as mais entusiásticas. Não que os dispositivos sempre acertem a leitura, mas traçam uma tendência bastante precisa do futuro. Em pouco mais de uma hora, os sensores examinam o estado completo de saúde, inclusive a predisposição para doenças psicossomáticas; o ritmo da respiração e dos batimentos cardíacos; ressonância completa da atividade cerebral, com leitura não apenas da consciência, mas do inconsciente profundo, incluindo os desejos mais prementes e a inclinação para segui-los ou refreá-los; e, por fim, uma análise da rede de significantes ativos, não só os do indivíduo consulente, mas em conexão com a nuvem neuromagmática planetária. Em outras palavras, obtêm-se as interações mais prováveis entre as predisposições gerais do indivíduo e as de todos aqueles com quem tenha ou possa a vir a ter contato. O oráculo falha muito, mas não mente: é uma máquina, e como tal oferece um prognóstico objetivo, sem o menor interesse no terror ou na alegria que seus vaticínios possam despertar. Ontem, o oráculo previu que antes de um mês, Roger será assassinado por um homem chamado Ganton. Esse homem terá uma sensação de plenitude ao concluir a tarefa, saciando uma grande sede por energia vital alheia. É uma situação muito provável, já que Ganton vem atuando pelo Comando Água no bairro de Roger, e este não dá sinais de recuperar-se da depressão.

 Não é um encontro que se evite facilmente, tampouco há como apelar à compaixão de Ganton. Quem entra para o Comando Água não recua diante das súplicas da vítima, não há muitas exceções. Os soldados do Comando Água recebem um treinamento à prova de remorsos, onde são convencidos de que solucionam o grave problema populacional, que bate na casa dos 15 bilhões de habitantes. Eles não se consideram sanguinários impiedosos, mas aqueles que aliviam o planeta, aqueles que, ao eliminar os infelizes, só livram o mundo de quem não faz por merecer a dádiva da vida. Para os soldados-água, diminuir a população à força é uma higiene necessária, pouco importando o sofrimento de suas vítimas. E discursos à parte, há o vício — a energia roubada dos condenados garante a lealdade de homens como Ganton. Não há nada que lhes dê mais prazer — nem drogas, nem sexo, nem jogos, nada. Paralisam a presa, que não tem como reagir, aproximam seus tenebrosos bastões-vampiros e sugam-lhe a energia vital. Parte dessa energia costumam consumir na hora, com um prazer quase orgásmico, e o excedente é estocado em seu quartel, onde dividem com o resto do batalhão. Regalam-se com a naturalidade de tranquilos comensais de um banquete.

    Não é preciso muito cálculo para concluir: sequer o conhecimento do que pode vir a ser torna as chances de Roger muito favoráveis. As previsões não são o futuro fechado, sempre há como rearranjar o cenário, mas sua margem de manobra é restrita. Especialmente porque o inimigo não é apenas o assassino lá fora, é também a pulsão de morte corroendo-o por dentro. Parece simples, bastaria desejar a vida com muita força, vencer a depressão, e ele deixaria de ser um alvo em potencial do Comando Água. Também poderia enfrentar Ganton em combate direto, mas para isso teria que estar com uma disposição muito maior para lutar pela vida, sendo justamente este o problema. Roger não chora, não se exaspera, parece mais estar lidando com um desafio de xadrez que com a própria vida. Sente, no entanto, um sutil aumento em sua pressão cardíaca — uma inquietação que, fia-se nisso, poderia salvá-lo.

Provar a mim mesmo e aos outros que eu quero viver. Devo ser forte e fazer isso, seguir em frente. Por mais que *mim mesmo* me pareça um mistério, e por mais que a vida seja ingrata. Deve haver algo que me faça querer viver, que me dê ânimo, que me dê chance de recuperação. Como é que se cura uma depressão?

Seu maior problema é detestar toda uma época e toda sua geração. Não gostar nem um pouco do presente — tão monótono, tão esmaecido, as pessoas à deriva, sem nada que as anime a se reinventarem. O futuro, ainda mais aterrador, pois lhe promete a morte. A direção que lhe resta, portanto, é o passado, ao menos como refúgio inspirador. A História do mundo, apesar de tudo, costuma lhe render momentos de consolo. Talvez porque aquilo que já passou, em sua distância prenhe de nostalgia, adquira, à sua maneira, uma dimensão estética. Ou porque o ajude a transcender o momento em que as aflições turvam a mente.

De qualquer modo, não tinha nenhuma ideia melhor. Conectar-se, portanto, a uma simulação verossímil, preparar mergulhos em outros tempos. Não fossem esses passeios extemporâneos, a vida lhe pareceria insuportável. Preciosos escapes: a Revolução Francesa, com toda sua glória e terror; a efervescência artística da Montmartre do início do século XX; ou o auge do vigoroso Império Asteca. Se fosse possível uma máquina do tempo que o levasse corporeamente a distintas épocas, não hesitaria, viveria mais em outros tempos do que no presente. Gostaria de fotocopiar fragmentos perdidos de Heráclito, aproveitando para tirar dúvidas com o próprio; registrar Jesus Cristo em vídeo para exibir depois nos concílios, deslindando os evangelhos; salvar Giordano Bruno da fogueira e distribuir sua obra em tiragem industrial; ensinar os índios da América a usar pólvora, para se defenderem dos ibéricos; alertar Lenin de que seu tiro sairia pela culatra, de que a intenção talvez fosse boa, mas não iria funcionar.

Coisas bobas assim cruzavam a cabeça de Roger dia e noite. A imaginação tão melhor que a realidade... Será que é mesmo melhor conhecer as tragédias do porvir? Se, em seu tempo, Lenin pudesse consultar um oráculo digital, saberia de antemão que estava fadado ao fracasso, que sua revolução seria corrompida. Por maior que tenha sido o desastre, sua vida não teve muito mais heroísmo que a de Roger? Terrível, sem dúvida, e pensando bem, melhor não tivesse acontecido aquele outubro, não com a tragédia à espreita, não com aqueles devires... Mas e a audácia, e a paixão, e a luta? Não têm uma beleza por si mesmas, independente dos resultados? Uma euforia jovial, uma vontade de renovar desde a raiz? Se Lenin soubesse de antemão, teria se resignado à humildade de uma política sóbria, realista. Teria participado apenas da revolução democrática, com todas suas limitações, abrindo mão do comunismo, desistindo de um sonho glorioso para abraçar apenas o ponderado, o razoável, o prudente. A vida de milhões de russos teria sido melhor — menos pior — todavia um dos mais inspiradores capítulos da História não teria ocorrido. Se a Revolução Russa não foi um grande feito na realidade, sem dúvida o foi na imaginação. A euforia contagiou todas as expressões artísticas, a revolução estética das vanguardas de todo o globo foi indissociavelmente estimulada por esse ânimo transformador. Desde o início, a maioria dos entusiastas sentiu que menos importante era *o que* se conquistava, mas o sabor mesmo da luta. Esse sabor era o sentido de suas vidas, não precisavam de mais.

Hoje vivemos em um regime igualitário, que apenas imprecisamente poderia ser comparado com o antigo regime soviético. Não se trata de uma utopia humanista, pois hoje são as máquinas que se encarregam de distribuir comida e água para todos, de cuidar para que cada um tenha um teto, que ninguém precise ser explorado no trabalho e que todos tenham acesso ao lazer e à cultura. Propriamente dito, nem mesmo um governo nós temos — o que por um lado é bom, pois todos os governantes falham —, o Sistema é um monte de chips que tomam decisões calculadas por um megacérebro eletrônico — por outro lado é triste, nós nos ausentamos da política. Delegamos toda a gestão da sociedade a uma inteligência que julgamos mais eficiente que a nossa, por mais que seja artificial, sem paixão e sem interesse genuíno por nosso bem-estar.

O deprimente é justamente vivermos em uma época na qual a grande política está *sob controle* da maneira mais fria, enquanto na vida privada a cautela é que dá o tom. As questões de Estado perderam a vitalidade. As máquinas retiraram do homem o direito de errar, levando junto o heroísmo e a adrenalina que os bolcheviques e artistas uma vez sentiram. Os malditos oráculos predizem a queda e nós não ousamos dar os passos — seriam em falso, mas nos fariam sentir mais verdadeiros. Não nos permitem cair por conta própria — e o monopólio da queda tem sido do Comando Água. Este, peremptoriamente, garante a mesmice, com um trágico imperativo: *Serás feliz ou estás condenado.* Quem não for feliz, não terá espaço nessa utopia pós-humanista crua, será eliminado por homens como Ganton, que, apesar de tudo, confiam no Sistema, acreditam possibilitar oportunidades iguais para os que sobrevivem. Argumentam (friamente, racionalmente) que, se não contiverem o crescimento populacional, os recursos se escasseiam, e nos reduzimos à luta pela subsistência. A distribuição de mantimentos a todos só é possível às custas de sacrifícios, ou seja, erradicando os descontentes, considerados um incômodo excesso. O cérebro eletrônico do Sistema faz vistas grossas, pois sua gestão será mais eficaz se o número de habitantes parar de aumentar. Há uma ampla aceitação de tal radicalismo pelo homem mediano de nosso tempo, que talvez sinta a proposta do Comando Água como a eliminação da própria infelicidade. Muitos comparam os atos dos soldados-água com os das polícias políticas comunistas, uma analogia bastante imprecisa, cuja única semelhança está na conivência generalizada com o controle implacável. Os jornais noturnos, em cenas rápidas e locuções sensacionalistas, sempre transmitem perseguições contra as vítimas, detestadas como traidores da sociedade, como aqueles que ameaçam duplamente o modo de vida estabelecido. Duplamente, pois a população precisa ser contida, tanto quanto a melancolia, entendida como um insidioso desrespeito à sociedade comum.

Eis o mais terrível, pensa Roger, perceber um resquício de humanidade na aprovação dos atos mais nocivos. Medo, insegurança, vontade de poder, expiação — nada mais humano. Até mesmo o nazismo. Não compreende nada quem imagina que, de um momento para o outro, milhões de alemães foram tomados por espíritos demoníacos, ou que não pertenciam à mesma espécie animal que nós. É reconfortante pensar assim, garante distância emocional, permite crer que nem um átomo nosso tem qualquer semelhança com um átomo de nazista, ou que a bestialidade foi uma exceção na História. Simplismos. O fato é que após muitos anos vivendo sob condições extremas, os alemães foram capturados pelo jogo de ações e reações, já não estavam propriamente *optando*. Naquela época, uma saída radical era destino inexpugnável, qualquer oráculo digital apontaria isso. Quanto à crueldade, com o decorrer do tempo lhes pareceu viciante, mas não desumanizante. Provar com sangue a intensidade do fanatismo foi justamente o que lhes forjava o que chamamos, um pouco ingenuamente, de *sentido*. O mesmo vale para os meninos do tráfico na periferia das metrópoles saturadas — por exemplo, no Brasil do século XX. Desde crianças, eles sabiam que tinham duas opções: a vida medíocre como trabalhador descartável ou a aventura maldita da *vida loca*, arriscando-se a cada segundo e desafiando o bom senso. Não pensavam tanto em termos de bem e mal — tampouco os nazistas mais fanáticos, tampouco boa parte dos velhos comunistas —, buscavam acima de tudo a paixão pelo gesto radical, pelo confronto, pela batalha, sem paciência para um cotidiano ordeiro e resignado.

É por reconhecer, ele também, uma atração pelo estrondo, uma vontade de movimentações decisivas e audaciosas, que Roger se amargura, sente-se tolhido, deprime. Jamais ingressaria em organizações autoritárias, jamais se lambuzaria com a morte como faz Ganton, e mesmo se fosse possível, jamais seria um Lenin de seu tempo. No entanto, sente a limitação de sua ética comedida, sem grandes saltos, sem grandes rasgos, apenas uma conformação com o dia-após--dia. Não vive a Segunda Guerra Mundial de lado nenhum do front, não vive a Revolta dos Enlouquecidos ou o episódio do meteoro, e sequer tem um presidente com rosto para detratar. Sua imaginação pede mais, pede aventuras, pede superação. O que se anuncia é apenas o embate cego contra Ganton, de quem não sabe sequer a cor do cabelo, apenas um nome, um significante vago. Suas divergências não vão além da intensidade com que desejam viver — mas o que Roger pode fazer para que o pulso lateje com maior paixão pela vida? O momento histórico atual não permite grandes renovações, não permite a saborosa cegueira de um bolchevique, já não se pode lançar a projetos grandiosos com a mesma convicção inocente de outrora.

O alerta do oráculo havia sido bem claro: Roger precisa se cuidar. Os antidepressivos ajudam, mas não surtirão efeito se ele não mudar o rumo de suas digressões, se ele não desviar o olhar para paisagens mentais menos decepcionantes. A depressão, diziam os biólogos já no início do milênio, traz vantagens evolutivas, se não para o indivíduo, para a sociedade. O aspecto positivo da depressão é que esta permite uma projeção dos piores prognósticos, permite uma antecipação das situações mais obnóxias, portanto ajuda os homens a se prepararem para o pior. Roger não poderia, no entanto, argumentar assim com um soldado-água, pois tal lógica não se aplica à ideologia construída pelo Comando. Dizem que os soldados-água passam por uma neurocirurgia, na qual se remove parte do lobo frontal, de modo a impedi-los de sentir culpa. Talvez seja boato, no entanto, bem sugestivo do quanto são soldados impassíveis.

A ninguém Roger odeia tanto quanto Bauern, aquele estranho homem de cabelos vermelhos e discursos incandescentes, o fundador do Comando Água. Bauern insiste que apenas os que trabalham pelo controle populacional têm direito à vida garantido. A simples menção de seu nome faz os músculos de Roger se contrairem de ódio. O ódio, conjeturou, talvez lhe dê a força para escapar — range os dentes enquanto pensa. Não basta apenas sentir o coração mais rápido, é preciso canalizar o sentimento, encontrar variações auspiciosas. Para não sucumbir, para não se tornar alvo fácil e para alterar seu padrão mental, Roger precisa de narrativas que o animem. Precisa, com urgência, encontrar alguma esperança. O programa de simulação está aberto à sua frente, as luzes piscando convidativas. Há ao menos um momento da História que o banha de esperança, que o faz apostar na humanidade. Por que não revisitar seu momento histórico favorito, a famosa vitória contra o asteroide? Quando, ao menos por duas semanas, a humanidade buscou se unir em torno de um objetivo maior.

    Foi no tempo de seus avós. Quando os visitava, eles narravam essa história com um delicioso sabor nostálgico, com as pupilas dilatadas. Roger jamais se contentou em apenas ouvir. De tempos em tempos, precisa vivenciar algo da época, nem que seja em um ilusório cenário digitalizado. A expedição sempre lhe faz bem — uma aventura da qual retorna mais confiante, as forças renovadas. Com isso em mente, acomoda-se na cadeira e seleciona suas preferências no cursor. Como das outras vezes, na simulação gerada em trilhões de pixels, fará questão de andar ao lado do holograma que simula o avô quando jovem. Como sempre faz, chamará o personagem pelo nome real: Li Wang.

    — Está pronto, senhor? — soou a voz metálica no programa de acesso. — Posso começar a transmissão?

    — Estou pronto.

    — Então vamos.

Um rápido recuo de quase cinquenta anos — não em uma máquina do tempo, mas deslocando-se do que chamamos de realidade para o mundo virtual. Em muitos aspectos não se nota a diferença, tamanha a perfeição do simulador. Não é à toa que, todos os anos, milhares morrem de inanição por se esquecerem de se alimentar na vida real, tentando ignobilmente aplacar a fome nos restaurantes virtuais. Há ao menos uma vantagem significativa para Roger: naquele mundo, naquela época, não existia o Comando Água. Dentro de poucos segundos, o tempo de esfregar os olhos, encontra-se diante de Li Wang. Em sua sala de estar, o avô, com vinte e dois anos de idade, em boa forma, com os cabelos negros e uma expressão serena no rosto. Muito antes da leucemia que o desfiguraria aos poucos. Cada gesto de Li Wang é plácido, sem deixar de exibir grande vivacidade. Roger sempre gostou de olhar para seu avô, gostaria de ter vivido em sua pele. Resta esse fantasma digital, por quem nutre mais simpatia do que por muitos de seus conhecidos no mundo palpável.

Naquele tempo, Li Wang iniciava sua vida de estudante. Queria ser professor de física, amava o assunto. Fazia questão de estudar algo aparentemente inútil, por mais que os computadores dominassem as equações. Para Li Wang, o conhecimento era acima de tudo uma questão humanista importante. Não queria se sentir ignorante diante das opções do Sistema e dos investimentos das máquinas. Encontrava-se em pleno vigor mental e físico.

— Li Wang, que prazer em revê-lo!

— Também eu, Roger.

Não o chamaria de *meu avô*. Faria questão de se comportar como seu contemporâneo. Roger se esmera em fazer de conta que nada ali é ilusão. Pertenciam a tempos diferentes, porém naquela esfera têm a mesma idade, são dois parceiros.

— O que você está estudando, Li Wang?

— *Fine tuning*, meu tema favorito. A extrema precisão com que todas as precondições para a vida estão dadas no Universo. As menores diferenças nas constantes físicas bastariam para que a vida fosse matematicamente impossível. E no entanto estamos aqui.

— Parece interessante.

— Sente-se.

Roger senta-se confortavelmente na poltrona que o avô indicou. É um ambiente agradável, pois Li Wang impinge um toque pessoal à morada. Lenços coloridos pendem lânguidos das paredes; delicados panos vazados encobrem parcialmente as janelas, filtrando a luz e tingindo o cômodo de tons verdes e roxos; do chão ao teto, compridas figuras de cerâmica, que ele mesmo fizera — e que um dia ensinaria a Roger —, são as peças que melhor combatem a assepsia das paredes de hiperpolímero. Frouxamente inspiradas em formas humanas, as criaturas de barro pareciam ter pulsação própria, reverberando pelo espaço ao redor. Não fosse esse cuidado estético, o apartamento de Li Wang seria idêntico ao de tantos bilhões de qualquer parte do mundo, com as mesmas medidas e proporções regulamentadas pelo Sistema, fossem cinquenta anos antes ou cinquenta anos depois.

O brilho sutil da tela do computador azula o rosto de Li Wang enquanto ele fala pausadamente.

— *Fine tuning*, Roger, significa que nosso universo foi criado sob condições especialíssimas. Por exemplo, se a densidade inicial no Big Bang fosse ligeiramente maior ou menor, não haveria qualquer possibilidade de existir um planeta como a Terra. A matéria teria se espalhado muito velozmente para que a gravidade a reunisse em grandes esferas estáveis. Ou, se fosse o contrário, logo depois da explosão as partículas atrairiam umas às outras de volta, numa retração rumo ao Big Crunch... Tudo o que existe é exatamente como precisaria ser para que houvesse vida.

— E isso significa o quê? Intenção? Cálculo divino?

As sobrancelhas de Li Wang sobem alto na testa.

— E por que o ceticismo? Finalmente, a fé vem se encontrando com a ciência. É um momento de iluminação, em pleno sentido.

— Talvez. Desde o século XX, os cientistas têm buscado essas inferências. *Design inteligente*, princípio antrópico, o Tao da física... Não é novidade.

— Sim, mas no século XX a episteme ainda era a das religiões clássicas. Milênios de concepções moralistas sobre o divino arraigadas na cultura foram um peso para o pensamento. Só agora conseguimos filosofar com apuro, finalmente a ciência pode encontrar a fé sem se desvirtuar. Não estou falando em um deus moralista que te envia ao inferno se você lhe desobedece. A moral não tem qualquer conotação científica, não existe como dado aferível, apenas como opinião. Já o senso estético é um dado presente na natureza. As aves e os mamíferos têm senso estético inato, assim como eu e você. Se Deus criou o lobo e, além disso, o homem como lobo do homem, não se verifica qualquer sentido moral transcendente, não há qualquer padrão moral na natureza. Você sabe bem disso, já estamos no final do século XXII. O que creio, no entanto, é que somente uma sensibilidade cósmica poderia criar a vida de modo belo e intrigante. Deus moralista não existe, mas não parece haver uma vontade de beleza na criação da vida? O *fine tuning* do Universo como artesanato de um Esteta Supremo.

— Pode ser, Li Wang, não tenho certeza de nada. Se for preciso seguir um deus, que seja um deus esteta. Talvez um Dionísio com amplos poderes. Mas, pra ser honesto, e espero que você não me recrimine por isso, nunca entendi por que as pessoas querem tanto que Deus exista. Todo meu esforço é pra fugir do determinismo, não pra louvar entidades que eu não posso ver. Eu preferia ser dono de meu próprio destino, sem um grande chefe coordenando meus passos. Claro que, se acaso Deus existe, torço pra que Ele seja o mais liberal e poético possível. Prefiro teu Supremo Esteta aos Juízes Absolutos, até aqui simpatizo com o que você diz. Mas só posso me considerar agnóstico.

Pedindo licença, Li Wang se levanta para ir ao banheiro. Roger conhece bem esse pequeno intervalo, a história prestes a se repetir. O anúncio do incidente será dado em menos de 30 segundos. Obviamente, Roger já sabe tudo o que aconteceu, mas acha graça em constatar a surpresa de quem recebe a notícia em primeira mão. Assim que Li Wang voltar do banheiro, se surpreenderá com a luz vermelha na tela do computador. E o alarme:

Aviso a toda a humanidade. Detectado um meteoro em rota de colisão contra a Terra a uma velocidade de 60.000 km/h. Impacto dentro de 336 horas. Local de colisão: latitude 23º34' sul, longitude 46º38' oeste, cidade de São Paulo. Diâmetro estimado do asteroide: 20 km, aproximadamente o dobro do que colidiu há 65 milhões de anos e extinguiu os dinossauros. Os danos previstos são semelhantes: além da destruição completa da cidade de São Paulo, terremotos, vulcanismo, tsunamis e dispersão de gases na atmosfera, cobrindo o sol. Vida na Terra seriamente ameaçada.

Li Wang começa a tiritar, antecipando os tremores da tragédia. Não pronuncia uma palavra. Roger dá tapinhas amistosos em suas costas: *Vai ficar tudo bem.* O avô permanece imóvel. Não responde uma palavra, como se não percebesse a presença de Roger — que na realidade, cinquenta anos atrás, jamais esteve lá. O banco de dados armazena trilhões de gygabites sobre a personalidade de cada cidadão, com tal minúcia que a simulação virtual do que seria é tão apurada quanto as previsões dos oráculos sobre o que será. Ainda assim, o programa não é preciso o bastante, não se pode afirmar como o Li Wang real teria reagido na companhia de alguém, naquele instante, que partilhasse sua aflição. Por mais que procurasse ser forte e impassível, assumindo a atitude mais viril, ele não pôde refrear uma crise de choro, beirando a histeria.

As mensagens pipocam freneticamente na tela:
O Sistema não possui, no momento, recursos suficientes para deter a trajetória do corpo celeste a tempo. Não há possibilidade técnica para a construção de canhões nucleares sem desabonar os habitantes de recursos imprescindíveis. Não há energia disponível a ser utilizada sem prejuízo irreversível nos programas de reparo ao ambiente, filtragem do ar, purificação da água e abastecimento da população. O Sistema vem operando em seu limite.

Até então, parecia perfeita a distribuição de recursos naturais ao redor do globo. Aqueles 12 bilhões de cidadãos tinham as mesmas condições de moradia, transporte, informação, saúde e alimentação. Contudo, levando em conta o quanto o Sistema tinha que despender com reparos ao meio ambiente, o material que sobrava para rearranjos e improvisos era mínimo. De um momento para o outro, percebiam-se todos igualmente vulneráveis. Muitos historiadores têm se dedicado a estudar as reações da população mundial naqueles sete minutos de veredicto fatal. A troca de mensagens eletrônicas foi, sem a menor dúvida, a mais volumosa que jamais houve. Muitos fizeram desesperadas declarações de amor a seus entes queridos, outros confessaram pequenas e grandes faltas em arrependimentos súbitos, outros enviaram vídeos aos prantos. E muitos, já naqueles sete minutos, amaldiçoaram a superpopulação. Foi nesse breve instante que a bandeira do controle populacional autoritário ganhou seus primeiros contornos e seu impulso inicial, manifestado publicamente de maneira agressiva. Bauern, na época um adolescente inquieto e perigosamente inteligente, pela primeira vez argumentou no Grande Fórum que caso o planeta não estivesse tão abarrotado, haveria como disponibilizar recursos para construir os canhões nucleares. Apenas o primeiro de muitos de seus pronunciamentos polêmicos a favor do que ele chamava, eufemisticamente, de *corte de contingente*.

No entanto, ao cabo de sete minutos, uma sugestão um tanto singela daria nova perspectiva para os habitantes do planeta ameaçado. Uma solução em que, excepcionalmente, o tamanho da população seria antes uma vantagem do que um estorvo. O filósofo Oleg Bapu Royce, de sua casa em Johannesburgo, com a frieza que sempre lhe foi característica, mal soube do primeiro aviso e digitou uma ideia poderosa na caixa de sugestões do Sistema. Este, após analisar a proposta em questão de microssegundos, passou a incorporá-la em suas previsões.

Novo informe: o cidadão conhecido como Oleg Bapu Royce, habitante da latitude 26º08' sul, longitude 27º54' leste, filósofo de profissão, contribui com uma hipótese pertinente e alentadora. Ele sugere que os seres humanos de todo o globo se unam em uma confraternização universal. A força cinética gerada pelo pensamento de bilhões de seres humanos concentrados poderia desviar o meteoro de sua atual rota de colisão. Os cálculos realizados pelos computadores, levando em conta o potencial humano para a telecinese e a velocidade e o tamanho do asteroide constatam que existe essa possibilidade. As chances são remotas e dependem de uma adesão da população sem precedentes na História, em intensa concentração, próximos ao seu limite, para que a tarefa seja bem-sucedida. Essa alternativa está dentro das projeções estatísticas e permite uma esperança.

Li Wang, que estava pálido, recupera um pouco de sua calma. Mas não deixa de notar o quanto é curioso ouvir um conjunto de chips falando em *esperança*. Considera desagradável, pois o Sistema não apreende o sentido da palavra. Empregou-a sem qualquer emoção, indiferente à emoção original de Oleg Bapu Royce, apenas porque se fez necessário usar tal palavra para uma melhor eficácia da mensagem. Sendo físico, Li Wang conhecia a lógica por trás das engrenagens e dos bytes. Não era mais que uma estratégia pré-programada: a escolha dessa palavra em meio a tantas outras do repertório — *esperança* — elevaria a probabilidade de sucesso em um incidente como esse. Sucesso, aliás, que nada significaria para as máquinas, mas em direção ao qual elas automaticamente deveriam se mobilizar, pois assim estavam configuradas. Apesar dos cálculos a frio feitos pelos computadores, havia sido um homem quem primeiro vislumbrara a esperança, antecipando todos os cruzamentos de dados de que o Sistema poderia se valer. Uma das raras conquistas do homem, num tempo em que se julgava as máquinas superiores em todas as funções, e o homem, uma criatura obsoleta.

Oleg Bapu Royce, evidentemente, tornou-se uma celebridade imediata. Até então, era conhecido somente por uma frase de efeito, geralmente mal compreendida: *Todo grande pensamento tem o niilismo como raiz e a superação como fruto.* Nunca havia sido uma figura midiática, e ninguém soube dizer por quê. Talvez porque fosse tímido, talvez porque gaguejasse, talvez porque o termo *niilismo* assustasse demais para que se soubesse ouvir na sequência a *superação.* No entanto, o sul-africano era mais forte do que parecia e não sucumbiria tão facilmente quanto pensavam. Todos os continentes estavam representados em seu sangue: nascido na África do Sul, tinha ascendência inglesa, um primo norte--americano, uma bisavó indonésia, familiares em Taiwan, e o primeiro nome, Oleg, era homenagem a um tio-avô da Estônia. Após décadas no semianonimato, saltou imediatamente para a condição de herói da humanidade — embora sob a possibilidade de ser o último de todos os heróis, pois o inimigo tinha 20 km e se dirigia à Terra em alta velocidade. A chance de falharem era grande, mas ao menos Bapu Royce mantinha uma chama acesa, quando nem o megacérebro das máquinas havia enxergado a saída. Jamais antes um filósofo pôde ganhar repercussão das massas daquela maneira. Todos os dias seus discursos eram transmitidos ao vivo para os habitantes do planeta:

— Bom dia, cidadãos do mundo. Obrigado pela atenção. Nossa tarefa é árdua, mas são os grandes desafios que nos dignificam. Começo por lembrar que no final do século XXI, cerca de cem anos atrás, um grande pensador, Sechte, nos legou uma sentença que parecia definitiva. Assim ele disse: *Homem: etapa intermediária entre o macaco e a máquina.* Pouco depois, nossa espécie enveredou para a mais decisiva revolução, que retirou dos homens o poder de governar e o relegou às máquinas. Foi um gesto ao mesmo tempo resignado e utópico. No início, foi uma forma de governo muito elogiada, por ser a mais honesta em toda a História. É fato, as máquinas não têm interesses próprios, e sua ascensão ao poder marcou o fim da corrupção. Pela primeira vez, igualdade e liberdade puderam coexistir em plena harmonia, algo que jamais teria sido possível sob uma gestão humana.

"As conquistas objetivas são inegáveis, pois todas as necessidades básicas são satisfeitas e do trabalho pesado estamos desobrigados. No entanto, permanece uma dúvida que há muito nos inquieta: nós somos gratos às máquinas pela vida que nos proporcionam? Sim e não. Os robôs cuidam de nós sem qualquer emoção, com total indiferença, o que por um lado nos livra da cobiça, por outro, explicitamente nos infantiliza. Para uma reflexão criteriosa e honesta, o ponto está neste *explicitamente*, pois nada indica que de outra maneira estaríamos caminhando para a maturidade. Todos sabemos que milhões de vezes foram calculadas nossas probabilidades, nos mais sofisticados oráculos e simuladores, e confirmou-se que a sociedade humana não possui sequer o *potencial* para se tornar verdadeiramente igualitária. Não por conta própria. A probabilidade seria sempre mínima, tendendo a zero, em qualquer sociedade maior que uma vila, sob qualquer conjuntura histórica, em qualquer região geográfica, não importando o quanto se desejasse. Está completamente fora do nosso leque de devires construir uma grande civilização que atinja o que um pensamento profundo compreende como satisfatório. Não o digo para chocar, hoje todos sabemos disso, não digo nenhuma novidade. Entretanto, talvez nunca o conhecimento tenha sido tão desprazeroso. Temos uma lucidez humilhante, a constatação de nossos limites, e mal sabemos o que fazer com essa angústia. Estamos sempre nos perguntando: as máquinas são realmente melhores do que nós? Caso sejam, o que estamos fazendo neste planeta? Que papel nos restou?

"Ficamos sabendo há poucos dias que um meteoro está vindo em nossa direção, prestes a nos esmagar. Desta vez, as máquinas não podem fazer nada, estão impotentes. Eu não poderia me sentir mais feliz por viver um momento como esse. Porque essa ameaça talvez seja nossa única chance de provar a nós mesmos que temos valor. Que o homem é capaz de união, de coragem, de criatividade... e, por que não dizê-lo? O homem é capaz de magia, coisa que as máquinas não compreendem. Somente diante de uma adversidade desse porte ficará claro quem nós somos. Incapazes de superar as máquinas? Sim e não. Somos capazes do amor, e isso vem sendo esquecido por uma filosofia demasiado pessimista. O amor é verdadeiro, e prospera diante do caos. Lembremos disso, porque do contrário o fracasso é certo."

Li Wang, que acompanhava o discurso, repete para si mesmo, com os lábios entrefechados: *O amor é verdadeiro*. E promete a si mesmo que será forte, que honrará a memória de seus antepassados. Pousando a mão esquerda em seu ombro, Roger sente uma corrente de eletricidade percorrê-lo, como se daquele desafio absorvesse uma fé renovada. Ele teria gostado de combater a morte daquela forma, junto aos outros, em comunhão com seus iguais.

***

— Por que não se engajar hoje, Roger, em vez de viver a nostalgia do passado? — é a pergunta que seu bom amigo Pantera sempre faz. Roger não saberia como lhe responder. Se outrora, no tempo do avô, teria gostado tanto de lutar pela vida, por que em seu próprio tempo deixa-se arrastar para a morte? Por que não se somar, com os amigos, à Sobrevivência Unida? Por que esse comodismo, deixar o Comando Água prosperar sem contra-ataque, como quem abaixa a cabeça para a espada que se aproxima? Estando marcado, pouco tinha a perder; caso não lutasse, dificilmente evitaria um desfecho infeliz. Como previu o oráculo, um homem chamado Ganton se esgueira em seu futuro próximo, preparando-se para roubar sua energia vital. Então por que não se alistar à Sobrevivência Unida, adquirir equipamento, armas, receber treinamento e combater Ganton de igual para igual? Como pode esperar apático por uma sina injusta, se tem forças para lutar? Pantera não se conforma. Roger teria boas chances em combate, mas prefere esgotar o pouco tempo que lhe resta em um mundo virtual. Saudosamente. Sonhando com um avô morto.

A cabeça de Roger gira em torno de um pensamento que ele guarda para si, que não saberia dividir com o amigo. Não exatamente uma réplica, mas uma justificativa na qual se apoia. Sobre o livre-arbítrio. Que muitas vezes Roger julga não possuir. Aliás, tampouco Pantera, na sua opinião. Talvez estivesse errado, talvez fosse a depressão talhando as ideias, mas que vitória seria essa, derrotar um inimigo que não se escolheu? Que liberdade poderia haver ali, se a cadeia de ações e reações independe da vontade? Ser moldado pelo avesso, ser de-formado por um adversário num mero jogo de imposições? *Digamos que eu vença Ganton num combate*, pensa um transtornado Roger, *eu poderia dizer que conquistei algo?* A luta não atende a seu chamado interno, pois estaria apenas na defensiva, não inauguraria nada. Ao menos tivesse mais vontade de viver, e estaria motivado para se defender. Mas era essa mesma a dificuldade. A melancolia que acarreta pensamentos abissais mal sabe como conter a queda. *Sou desprezível*, pensa Roger, *que diferença faz? Não sei nem por que Pantera torce por mim.* Pantera querendo protegê-lo, seria uma espécie de amor? Ou amor à liberdade?

Apostar no ódio. A vontade de matar, Roger conjetura, mais fácil de encontrar do que a vontade de viver. Talvez despertasse um brilho nos olhos, talvez descobrisse um motor possante. Sua vida tem sido um longo sono, arrancar o sangue de outro talvez pudesse despertar. Precisa despertar, não lhe basta proteger o próprio corpo. Buscar algo mais do que a mera manutenção — o Sistema cuida dos vivos apenas porque foi programado, Roger não quer estar no automático. Poderia encontrar no combate a mesma adrenalina que movia Pantera? Não é a euforia da luta o que estimula os heróis, mais até do que a moral? Heróis e vilões. Suas mentes divergem e escolhem lados opostos; racionalmente se distinguem, mas seus corações são parecidos. Muitas vezes era por um triz que um alemão ingressava nas Brigadas Internacionais em vez de na Juventude Hitleriana, como às vezes é um pequeno detalhe que faz alguém abraçar determinado clube desportivo em vez de outro. A disputa com o inimigo alimentando a sede de viver, fornecendo o combustível na caldeira das paixões. Fato é que a miséria de homens como Roger salva ambos os lados. Dá o que fazer a Ganton, que julga necessário eliminá-lo; e a Pantera, que entra em combate para protegê-lo. Ambos seguem seus papéis, condicionados pela vibração dos átomos, provando do jogo complexo de estímulo-resposta. Roger quer algo mais do que apenas se defender. Necessita, sem qualquer concessão, sentir que há liberdade e que reagir seja mais do que responder inercialmente às contingências.

O que acaba de pensar, agora mesmo... é a depressão distorcendo a verdade? Ou é a verdade mesma que o deprime? De um modo ou de outro, é o niilismo que o põe em perigo enquanto não encontra superação.

— Se tenho que esperar pelo inevitável — Roger retruca a Pantera —, prefiro não pensar nisso a cada minuto do meu dia. Prefiro o escapismo da simulação do que a tragédia da realidade.

— Como é que você pode dizer isso? — Pantera se inquieta. — Como pode não reagir? Você vai perder tudo, não entende?

O coração se acelera. Poderia mantê-lo batendo por muitos anos, poderia senti-lo cada vez mais forte?

— Eu preciso fortalecer minha cabeça antes de lutar com Ganton. É por isso que faço minhas viagens virtuais.

— Está bem, se te servir de terapia — Pantera se controla para não se exasperar. — Faça teus passeios, mas não deixe de se preparar para o combate. Aliste-se à Sobrevivência Unida.

— Mesmo que eu me aliste, Pantera, a margem de manobra é tão restrita. Se ao menos eu pudesse ir logo ao encontro do Ganton, me antecipar ao ataque dele...

— Mas você sabe que não pode.

— Não posso ir ao encontro dele, só posso esperar. Se eu tomo a iniciativa, vou para a prisão, acusado de homicídio. As regras estão nas entrelinhas, mas nós as conhecemos bem. Se o soldado-água me pega, o Sistema releva, nada acontece com ele, o crime é ignorado.

— Todos agradecem às máquinas por elas não serem corruptas, e de fato elas não desviam recursos, mas imparciais elas não são. Para o Sistema, o Comando Água é compatível com seu padrão de eficiência, porque reduz a população de maneira calculada. O Sistema deixa esses facínoras do Bauern agirem sem punição porque eles se comportam como máquinas! Mas se nós, em nome do humanismo, os atacamos, somos meros assassinos e temos que ser julgados. É desleal.

— Eis o maior problema de nossa época, com a cumplicidade do Sistema. Não se pode nem dizer que o Sistema seja mau, porque não tem sentimentos, muito menos senso ético. Não existe desejo sádico, não existe "maldade" em uma máquina: é uma lógica higienista, sem mais. O Sistema é desumano, claro, mas não tem nem graça xingar uma máquina de desumana.

— E você vai se resignar, não vai lutar? Você é jovem, forte, tem 21 anos. Com um pouco de treinamento, entra em plena forma...

Roger já tinha ouvido a mesma conversa muitas vezes, e nenhuma delas surtiu efeito decisivo.

— Pantera, você se importa comigo mais do que eu. Você acha mesmo que eu sou tão importante assim? Quer salvar a mim. E depois, vai salvar o mundo? Mas que mundo é este? O que sobrou de tão bom para salvar? O que eu mais queria era ter nascido em outra época. Não sei o que fazer aqui.

— Não dá para conversar quando você tá com esse humor. Já te vi melhor, Roger, tome teus remédios. Estamos sempre fugindo do presente, não estamos? Passado ou futuro, o que importa é escapar, não é assim? Dessa vez, não há como escapar do presente, e você não quer enfrentar.

Exatamente, Pantera está certo, ele não quer enfrentar. Entretanto, adiantaria vencer o inimigo externo sem cuidar do que o enfraquecia por dentro? De que valeria se preparar para a luta, enquanto fosse tão pequeno o apreço pelo sangue que corre em suas frágeis veias? Atinge o cúmulo: não está seguro de que ele e Ganton queiram coisas diferentes. Afinal, antes de consultar o oráculo, já vinha pensando constantemente na morte. Desde que nasceu é potencialmente um suicida, isso que o torna alvo fácil do Comando Água. Nada seria mais ridículo do que se salvar de Ganton e pouco depois arrancar a vida por conta própria. Para isso que ele lutaria, para ser o mais desprezível dos heróis? Seria tragicômico. Prefere encontrar um final melhor para sua própria história. Não é apenas escapismo quando Roger escorrega para a juventude do avô. Acima de tudo, uma busca angustiada pela vontade de viver.

***

Porque no meio do céu havia uma pedra. A grande maioria da humanidade teria que desejar a vida com toda a força, do contrário sucumbiria ao cataclismo anunciado. De modo geral, as pessoas estavam pessimistas, por conhecerem o histórico de sua espécie. O retrospecto não era favorável: bastaria que os instintos humanos fossem mais condizentes com o apego à vida para evitar os desastres ambientais que os afligiam havia séculos. O céu repleto de poluentes, a água potável escasseando, a qualidade do ar instável e agora um impacto iminente. Com exceção de Bapu Royce e alguns poucos, a maioria não conseguia expressar muito entusiasmo pelo novo desafio. Todos faziam algum esforço, mas era difícil crer numa salvação que dependesse de uma comunhão global.

O Sistema, coletando informação de milhões de oráculos espalhados pelo planeta, percebia os batimentos cardíacos descompassados, a adrenalina descontrolada e os padrões cerebrais à beira do colapso. Na tentativa de elevar o ânimo da população, os avisos se multiplicavam. Passados os primeiros informes, agora emitiam-se propagandas minuciosamente estudadas para transmitir confiança. Cenas paradisíacas, pequenos animais queridos, bebês sorridentes, o sol escaldante na praia, abraços e beijos entre familiares, os jogos esportivos favoritos — todas essas imagens desfilavam ininterruptamente na tela dos computadores de cada cidadão do globo, combinadas com música estimulante e vozes carregadas de afeto. Em seguida, vinha a chamada: *Salve o mundo que você ama. Deseje isso, com toda a força, agora!* Surtia algum efeito, apesar da artificialidade. Os boletins poderiam ser acessados a qualquer hora do dia, mostrando o quanto a força do pensamento estava afastando o meteoro de sua trajetória inicial. O progresso era lento e irregular, o desfecho permanecia indefinido. O Sistema transmitia cálculos minuciosos e se organizava de acordo com as respostas obtidas, por mais que as máquinas não sentiriam falta alguma da humanidade, caso esta desaparecesse. Não sentiriam absolutamente nada, mal perceberiam. Ao gerar as propagandas, os computadores obedeciam aos comandos com que foram programados quase uma centena de anos antes. As propagandas não dependiam de um ato criativo, eram a recombinação de um enorme banco de dados de imagens excitantes, utilizadas conforme pedia a situação. A subjetividade humana era tratada com a mesma eficiência que o transporte, a moradia, a alimentação ou a coleta de lixo.

Felizmente, houve acontecimentos. As pessoas não queriam depender dos avisos computadorizados para sentir que faziam sua parte. Passaram a propagar mensagens por conta própria. Os primeiros foram de uma simplicidade comovente, retomando uma atividade que havia muito estava esquecida: o malabarismo de circo. Os de espírito lúdico pegavam alguns talheres, maçãs, o que estivesse à mão, e arremessavam no ar, realizando voltas com maestria. Faziam isso para divertir os transeuntes, para maravilhá-los, na esperança de que pequenos gestos inúteis tornassem o espírito mais desenvolto para enfrentar desafios maiores. Pelo mesmo motivo, as pessoas passaram a cantar nas ruas e a assobiar. Os jovens se reuniam em duplas ou trios para rodopiar nas calçadas, correndo uns atrás dos outros, distribuindo risadas e abraços para estranhos, com o intuito de afugentar o medo, de afirmar a potência do corpo e apaziguar a mente. Eram esforços para proteger a chama dos piores ventos, mantê-la acesa.

Logo em seguida, ressurgiram grafismos criativos nos muros, como não se via desde a instauração do Sistema. Rabiscavam-se frases de efeito por toda parte: *Só os robôs estão mortos, viva a humanidade!*, ou *Nenhuma matemática supera esta: a Terra é uma só,* ou então, com um toque de humor: *Não tenho medo de meteoro: minha cabeça é mais dura que a pedra.* As mensagens se espalhavam por todas as paredes das cidades, apenas os templos eram poupados. Estes, lotados como jamais estiveram. Não importava o credo, fosse o Esteticismo-maior, o jainismo ou o cristianismo, as pessoas se aglomeravam para rezar e pedir por um céu sem perigos.

Também nunca como antes as pessoas foram tanto às ruas para dançar. Colocavam-se caixas de som nas janelas dos prédios, dezenas de aparelhos sintonizados na mesma rádio, e a multidão se reunia para reconquistar a vida. Entre uma música e outra, todos davam-se as mãos para enviar vibrações em direção ao asteroide. Foi em um desses bailes que Li Wang conheceu sua mulher, Nora. Era um tempo bom para se apaixonar. Todos estavam mais vulneráveis que de costume, sem as barreiras com as quais repelimos o amor, esse impulso tão fascinante e tão assustador. Dessa vez, estava tão claro que o perigo maior vinha de longe que as pessoas adquiriam maior coragem para os enlaces. Li Wang a viu pela primeira vez na praça Primavera e se surpreendeu com a inesperada serenidade daquela mulher, em meio às milhares de pessoas aflitas. Nem mesmo os milênios de tradição *zen* gravados em seus genes orientais podiam deixar sua respiração tão suave quanto à de Nora. Li Wang não resistiu, aproximou-se para perguntar como ela mantinha a calma.

— Fácil. Porque está tudo tão lindo. Todos dançando, tentando se sentir bem, esforçando-se pra fazer do mundo uma causa, cada um cuidando pra que o outro se sinta forte... Jamais vi isso antes.

— É verdade — Li Wang teve que concordar. — Ontem, vi

antigos desafetos se abraçando na calçada, pedindo perdão, esforçando-se para remediar velhos problemas. Dava para sentir o calor humano. E nada disso ia acontecer, não fosse a morte fazendo sombra.

— Cedo ou tarde, um dia tudo acaba. Se tiver que acabar assim, não vai ser da pior maneira.

— Não acho que vai acabar agora. Eu acho que nós vamos vencer. Desejo isso com tanta força, tenho certeza de que vai dar certo... — Li Wang procurava sorrir como Bapu Royce no telão, mas hesitou por um segundo — ...a não ser que Deus não queira.

— E como vamos saber? Talvez Ele queira assim. Um *grand finale*, uma apoteose. Se for a vontade do Supremo Esteta, só pode ser bonito. Vamos rezar para que dê tudo certo...

— Vamos.

— ...mas, se acontecer o contrário, não tenha medo, eu vou com você.

A ternura com que Nora assentia à vontade do destino imediatamente fez com que Li Wang desejasse participar de seus desígnios. Queria estar ao lado dela, estivessem caminhando para um novo início ou para o fim. Naquele momento, o meteoro estava a uma semana de distância do impacto, desviando-se ainda muito lentamente de sua trajetória. Roger circula perto do casal, mas se afasta um pouco deles, pois já havia visto a cena antes. Lembra-se de que, nesse primeiro encontro, não fizeram mais do que trocar meia dúzia de palavras e olhares, e rezar. Um estranho pudor se apossara de Li Wang e Nora, que mesmo tão próximos do fim, e também tão próximos um do outro, não ousaram sequer tocar as mãos. A postura deles fazia eco com o que o problema mais premente exigia — a influência dos corpos, por poderosa que tivesse que ser, se daria a distância. Os dois iriam se encontrar novamente alguns dias depois, no momento decisivo de todo o episódio, quando finalmente engatariam o namoro. Por ora, Roger deixa-os a sós, preferindo caminhar entre a multidão sedenta de magia. Precisa entender como os demais buscavam forças, aprender com eles.

A cada esquina depara com dezenas de artistas, todos se esmerando por provar que a vida é nobre e o esforço para salvá-la, justo. No entanto, pela primeira vez Roger reflete sobre um fenômeno curioso, começando a compreender algo em que nunca pensara antes. A simulação em que está imerso busca a maior fidelidade possível à História. Não há figurante na reconstituição, todos foram mapeados detalhadamente, cada fio de cabelo e cada padrão sináptico. As subjetividades pontuais são baseadas em pessoas que de fato existiram, recuperados os ecos emocionais de cada um dos presentes. Suas reações são coerentes com o que teriam vivido e sentido naqueles momentos. Roger corre os olhos pelos artistas e pelo público, perscrutando-lhes o coração. Com isso entende, finalmente, por que num primeiro momento falharam.

Dali a poucos dias, o Sistema anunciaria que o deslocamento do meteoro não fora suficiente e daria como certa sua colisão com a Terra. Por maior que fosse a euforia e por mais amplo que fosse o pacto pela vitória, o desejo de viver não teria sido forte o suficiente. Não conseguiam se desvencilhar de um negro tumor que competia de igual para igual com a vontade de superação. A verdadeira batalha nunca foi contra uma ameaça celeste, mas dentro de cada um, pulsão de vida *versus* pulsão de morte. Se, em seu próprio tempo, Roger Hakas não se resolve a enfrentar seus assassinos, tampouco os que viveram aquele momento heroico possuíam maior determinação em seu apego pela vida. Testemunhava o quanto uma certa ânsia pela finitude corrompe até mesmo as mais belas intenções. A morte está em nosso código genético, todo ser vivo é programado para um dia fenecer, e quando chega sua hora não há como impedi-la.

Roger aproxima-se dos artistas na rua, a fim de constatar o que as pessoas então sentiam. Era raro que mantivessem no espírito a harmonia de Nora, ou mesmo a esperança de Li Wang. Os artistas encantavam a uns, aqui e ali, mas não poderiam jamais convencer com unanimidade. Sempre havia quem detestasse os malabaristas por sua leveza, quem invejasse a saúde dos jovens cantores, quem escarnecesse dos que se juntavam em performances rituais, ou quem repudiasse a distribuição de abraços vindos de estranhos. Arte, utopia, salvação — de fato estimulavam muitos, mas ainda assim não eram capazes de conferir unidade aos homens. O primeiro a admitir isso, em sua quinta ou sexta transmissão, foi o próprio Bapu Royce. Disse-o em transmissão mundial. Disse-o bem, mas àquela altura não lhe prestavam mais atenção. Retinham a primeira impressão, a mais terna, a mais forte, e somente esta insistiam em guardar no peito. Assistiam com alegria à sua imagem, mas era como se não ouvissem sua voz. Sua gagueira contribuía para que cada um entendesse suas palavras como bem quisesse, por mais prontamente que ele tenha repensado e retificado sua posição.

Atentavam apenas para *superação*, já não conseguiam relacioná-la com a primeira parte da frase, sobre o *niilismo*. O filósofo insistia: *A luta pela salvação não se fará diretamente em uma escala global. O mundo é grande demais, ninguém saberia amá-lo todo, abarcá-lo todo; melhor que fosse aos pedaços. Não procure as multidões. Procure os grupos com quem tem afinidade. Evite catedrais. Faça seu próprio culto. Não pretenda, de um momento para o outro, aceitar toda a humanidade, pois isso levaria mais de um século, e temos apenas dez dias. Ame os que te parecem próximos. Ame, antes de tudo, a si mesmo, com toda a sinceridade, apesar dos defeitos — só assim, a humanidade poderá se salvar.* Os poucos que realmente refletiram sobre o novo discurso sentiram raiva. Sentiram-se traídos como filhos que subitamente não se sentem mais queridos. Não tinham o privilégio de Roger Hakas, o distanciamento temporal, não poderiam ainda saber como o episódio terminaria. Cinquenta anos depois, era mais fácil avaliar que Oleg Bapu Royce buscava a melhor solução. Bapu Royce não era um misantropo nem um pregador da discórdia, mas alguém que percebia o quanto o leque de possibilidades era restrito.

Como em uma epifania, de repente fica claro para Roger o quanto a negatividade não poderia ter sido ignorada na equação. Os desdobramentos dos fatos provaram que a relativa harmonia entre os homens, naqueles dias, era ilusória. Para compreender o quanto de ódio permanecia latente, basta considerar que o episódio do meteoro havia marcado a mente do jovem Bauern. Mais tarde, Bauern fundaria o Comando Água a fim de erradicar da Terra todos que não dominassem suas tristezas como ele achava adequado. Já naquelas semanas, bilhões de pessoas estavam predispostas a pensar de maneira análoga. A vida humana como um valor indiscutível parecia extremamente relativizada sob aquelas circunstâncias. Também foi naqueles dias que teve origem a Festa do Último Grito, fato abafado pelo Sistema para não gerar pânico, que só veio a público anos depois. A primeira Festa foi também a maior de todas: mais de um milhão de suicidas se reuniram próximos de Israel, manchando o deserto de sangue, apocalipticamente. Para um milhão de pessoas, maior que a morte era a angústia de uma espera terrível — prefeririam que as areias do tempo escorressem com uma mancha enorme de sangue. Dançando, cantando e desesperados dilacerando-se, abreviaram seus dias de temor, tão pavorosa se afigurava a ampulheta em sua hedionda contagem regressiva.

Também nas pequenas relações sociais, nem tudo era tão amistoso quanto faziam parecer as campanhas do Sistema, o fervor religioso ou as festividades. Namoros e amizades sólidos se desfaziam repentinamente, deixando de um instante para o outro de ter valor. Não foram poucas as brigas pelos becos — socos, pontapés e lutas de faca respondiam a traições, abandonos ou a palavras que havia tempos se reprimia. Tudo o que as máscaras sociais protegem vinha à tona, naqueles dias de tensão incomum. Não se encontrava motivo sequer para manter os disparates nos espaços privados, era a céu aberto que se vomitavam pequenos dramas.

— Mas logo com meu melhor amigo?! Podia ser qualquer um, mas logo meu melhor amigo?! Sua puta, eu devia quebrar teu pescoço agora mesmo!

— Pai, você estragou minha vida, tá entendendo? Quero mais é que o mundo inteiro se foda junto, porque minha vida é uma merda, e a culpa é toda tua!

— Eu sempre pensei que você fosse minha amiga. Mas eu sei muito bem o que você fala de mim pelas costas. Não dá pra confiar em ninguém! Ninguém!!

— Você tem preconceito, não tem? Nunca me aceitou porque eu sou negro. Um racista! Nada mais retrógrado, o racismo deveria estar extinto... Agradeço muito por mostrar que eu tava enganado.

Poderia ser diferente? Em um momento crítico, como esperar que todos se conciliem, que os ânimos estejam em harmonia, que a paz prospere e todos se entendam? A própria *obrigação*, a severidade com que a bondade se impunha tornava-a perniciosa: as pessoas não sabiam o que fazer de seu lado selvagem, acabavam explodindo nos piores momentos. Por mais que a aparência geral fosse de otimismo, sob as franjas, as manobras mais utópicas quase acarretaram a ruína. O problema maior, como Bapu Royce tentou alertar sem ser ouvido, era o otimismo falseado, pouco importando que fosse propagado pelo Sistema ou estimulado por um bando de ingênuos. Melhor teria sido que cada um procurasse dentro de si um motivo para viver, ao invés de reunir todos os desconhecidos e desafetos em uma só voz.

Perdido em meio a tais elucubrações, Roger começa novamente a fraquejar. Subitamente, interrompendo sua inércia, ele ouve o grito de uma mulher. Abre caminho por meio da gente suada, até encontrar uma mulata jovem e abatida. De cócoras, ela diz que vai abortar. Contrai o rosto mais do que o ventre ao chorar. Roger se surpreende ao ver que ninguém ali faz nada, apenas a rodeiam. Roger é inútil ali, tudo aquilo já havia acontecido, aqueles ecos emocionais se perdiam num passado distante, mas achava absurdo que todos estivessem parados olhando. Como se degustassem a dor alheia.

Ele solta uma gargalhada quando compreende. A mulher estava encenando uma peça teatral. Tão boa era a atriz que chegou a confundi-lo. A personagem havia apanhado do marido e estava prestes a perder o filho. Ela não se levantava, não reagia, apenas se persignava. *Meu filho, meu filhinho*, ela dizia, *você nunca ia perdoar essa mãe tão desnaturada*. A peça parecia boa, logo Roger a assiste com a mesma satisfação dos demais espectadores. A jovem tinha uma relação das mais tensas com o marido, amando-o e odiando-o com uma ambiguidade dilacerante. A última briga que tiveram podia ter sido fatal para o bebê, a barriga sangrava. Angustiava-se, nem tanto pela perda, mas por não saber se valia a pena salvar o filho. Não estava certa de ter amor para dar à criança, menos ainda de querer o fruto de uma paixão tão bruta, ou se o bebê iria gostar da vida que lhe era prometida. *Pra que colocar alguém neste mundo cheio de gente infeliz? Porra, pela alma, pra que fazer isso?* Falava pelo audiofone com uma amiga. *Vá para o hospital,* dizia a amiga. *Não sei o que eu quero salvar. Não sei se quero.* Ela fechava bem forte a mão direita e gemia. O marido estava impassível, a alguns metros dali, no cenário anexo que fazia às vezes de um bar. Bebia um copo de vodca atrás do outro, e quando muito, tartamudeava baixinho: *Essa puta... por que foi engravidar?* E beliscava amendoins.

A amiga insistia: *Eu passo aí agora, levo você.* Sua voz era carinhosa. Mas, Lea, dizia a jovem gestante, *eu não sei nem se eu queria ter nascido. Por que colocar mais um no mundo? Por quê? Me diz...* Lea suspirava, sabia que não havia resposta fácil. *Você que sabe, Mara. Você que decide. Você responde por tudo que tá no teu ventre e no teu coração. Mas não se deixe levar, tá bem?* Mara: *O que você quer dizer com isso, me deixar levar?* Lea: *Não importa o que você decidir, espero que a escolha te faça dona de si.*

Nesse ponto, Roger passa a se importar menos com a peça que com as reações dos espectadores. Em uma breve averiguação, nota algo vigoroso e destemido em suas vibrações, orgulha-se de estar entre eles. Sente que os atores e espectadores dessa peça, esses eram pessoas de verdade. Em um momento de crise, não buscaram uma estética higiênica e feliz, e sim uma provação a mais. Olhar para o abismo os engrandecia. Porque aí está o livre-arbítrio. Na constatação de que nenhum valor é absolutamente necessário, só assim se tem escolha. A vida só importa quando encontra vetores desimpedidos, quando até mesmo a realidade é apenas uma opção.

A arte, colocando-se do outro lado, além e aquém, permite reorganizar as forças que nos movem. Uma contramola, que prepara impulsos renovados, libertos da pura contingência. Roger sorri como diante de um milagre: pela primeira vez deseja a realidade! Porque tem a arte: nela encontra forças que transcendem o jogo inóspito de ação e reação! Ganton, Pantera, seu tempo, sua geração, sua formação, seu país... não o condicionam de maneira absoluta. Se ele tem a imaginação como recurso, não está sujeito à inércia. Não precisa ser um personagem tragicômico, pode lutar a seu modo. Sente-se livre, e nem todos os oráculos da Terra irão dissuadi-lo. Na arte encontra um impulso oblíquo com que alterar sua trajetória rumo à morte. Nem mesmo as piores ameaças da terra ou do céu anularão a potência dessa descoberta. A arte poderá salvar sua vida, e provavelmente nada além disso. *É isso, é isso!* pensa Roger. Ao término da peça, nota como cada um dos espectadores canaliza sua força psíquica com maior fluidez e intensidade do que antes, bem melhor do que os cidadãos de sorriso gratuito. Ao menos para Roger, algo se agita do peito à pele, uma energia rutilante que o fortalece.

Está decidido: Roger vai ser escritor, tecer cenas fortes e corajosas como a que acaba de assistir. Pouco importa que nem todos entendam, será sua maneira de escapar da depressão. Será seu agradecimento pelo impulso e pela magia que o revitalizam. Fia-se em uma ativa recusa a sucumbir. Surge a esperança, nem tudo está determinado.

Li Wang e Nora encontraram-se uma vez mais sob o céu escurecido. Nesse segundo encontro, já estavam desiludidos de que tivessem um futuro à frente. O Sistema avisara, em um boletim formal, que a trajetória do asteroide não se deslocara o suficiente de seu ângulo inicial e a colisão ocorreria dentro de 24 horas. De certa forma, era uma notícia esperada, a ilusão mal se sustentava. As pessoas choravam compulsivamente nas ruas, mal tinham forças para erguer os olhos. O meteoro estava ali, humilhando-os, corrompendo o céu como um tumor na pele da noite. Parecia ter o tamanho de um caroço, embora fosse maior que muitas cidades, e parecia imóvel, embora viajasse a uma velocidade atroz. Parecia mesmo possível erguer a mão, pegar aquele pontinho parado no alto, e jogar a pedra fora. Mas nesse ponto a imaginação não bastava.

As pessoas, exaustas, sequer brigavam entre si, tudo era inútil. Alguns se descontrolavam e dirigiam impropérios ao ar; a maioria, no entanto, estava calada. O certo é que todo o ódio se concentrava em uma direção só. No céu, no corpo maligno. Já não havia espaço na mente para as desavenças, pois ali estava uma derrota maior que todas. Uma morte que aterrorizava o mais resignado dos pessimistas. Com o impacto, seriam varridos os resquícios do que um dia foi a humanidade, reduzindo a nada tanto a civilização moderna quanto as antigas ruínas, não preservando um único parente para chorar os mortos, uma única lembrança a ser resgatada, um único testemunho. Era mais do que a morte: era como nunca ter existido, a vida desfeita desde a semente. O ódio não poderia ser maior, um ódio que nenhuma guerra testemunhou, nenhum injustiçado sentiu. Ninguém poderia imaginá-lo antes, apenas quem viveu aquelas estranhas exéquias.

Mas não foi daquela vez que o planeta encontrou seu fim. Nem todos chamaram de milagre, embora os religiosos não pudessem dar outro nome. Boa parte manteve uma opinião como a de Li Wang, com um pé na física e outro na fé. Algo que não havia como prever que aconteceria, porém aconteceu. Se as máquinas jamais puderam explicar com cálculos precisos é porque há algo a mais sobre o homem que não pode ser reduzido às equações disponíveis. A mente interferindo na matéria, a matéria na mente, acima de qualquer expectativa. Como prejuízo permanente, apenas uma pequena alteração na órbita da Lua, que a partir daquele ano gravitou um pouco mais longe da Terra. Nora, abraçada a Li Wang, diria que pouco importava a distância da Lua, aquela era uma noite linda. O primeiro beijo, porém, se deu ainda no ápice da negatividade, como duas feras em busca de abrigo, em dilacerante último ato. Quando enfim perceberam que estavam salvos, o sentimento suave do alívio se misturou à adrenalina que punha o sangue a ferver.

Quanto à explosão do meteoro, se a causa foi o amor de deus ou o ódio amplificado dos homens, é um debate cujo final não tem data para se concluir. Como registro temos, somente, que alguns descreveram o colapso do asteroide como queima de fogos, e outros como um imenso vômito no céu.

3 X 4 DO ARTISTA QUANDO JOVEM

1. Anos atrás, no final das minhas férias em Porto Seguro, eu esperava pelo meu ônibus para São Paulo. Passagem comprada, eu voltaria para casa contente, apesar de quase zerado, com apenas alguns trocados no bolso. Das minhas reservas para essa viagem, o que me sobrava era o bastante para um sanduíche, e só. Tanto era assim que, quando um mendigo se aproximou de mim pedindo *um real*, eu fiz um gracejo, embalado pelo bom humor: *Desculpa, cara, mas agora eu estou mais para pedir esmola do que pra dar.* Ele me olhou espantado. Era um dos mendicantes mais molambentos que já vi: a perna enfaixada, o corpo todo machucado, as roupas cobertas de um negrume encardido e gorduroso. Ainda assim, o que ele disse marcou para sempre a memória do jovem de classe média e traços europeus: *É verdade o que você falou? Você tá precisando de dinheiro? Você quer que eu te arrume dez reais pra não passar fome?* De início, achei que fosse ironia da parte dele, desdenhando da minha relativa escassez, que mal se comparava com a dele. Fui me impressionando com o quanto ele persistiu, até eu entender que ele realmente falava a sério, que pretendia apanhar dez reais com um

camarada na esquina e com isso garantir que eu chegasse bem em casa. Custava-me acreditar que alguém na situação dele pudesse se compadecer de alguém como eu, um estudante viajando a turismo com a mesada que ainda recebia do pai. Aquele baiano miserável, possivelmente gangrenado na perna, queria me ajudar, mesmo sabendo que jamais tornaria a me ver, mesmo notando que não pertencíamos ao mesmo clube. A oferta chegou a ficar constrangedora, tive que insistir muito para que ele não me estendesse algumas notas miúdas, e ele só se acalmou quando repeti várias vezes que tinha uns trocados para um lanche durante a viagem.

Creio que me lembrarei dessa cena por muito tempo. Ela me ajuda a relativizar tudo o que tendo a pensar sobre o egoísmo humano. Por mais que sejamos sacaneados por nossos chefes, nossos políticos, nossos amigos, nossos parentes, por mais pessimista que eu tenha me tornado com as decepções que sofri na vida, essa é uma cena que não me sai da memória.

2. Eu, Kareka e Cinco Folhas, os três vagávamos pela Vila Madalena, bêbados e ociosos. Encontramos com Bird, e foi essa nossa perdição. Ele soprou pra nós que em qualquer farmácia se comprava, sem receita, um remédio chamado Benflorgin. Hoje em dia a droga saiu do mercado, mas o segredo era que quem ingerisse uma ou duas cápsulas de Benflorgin estaria se medicando contra a febre, mas quem tomasse uma cartela inteira colocaria no corpo um poderoso alucinógeno. Os pais do Kareka estavam viajando, o apartamento estava livre, tornando aquele o dia ideal para que eu, aos 17 anos, tivesse minha primeira experiência psicodélica.

Nós três passamos em uma farmácia, chegamos ao apartamento e não hesitamos. Tomamos ainda mais cápsulas do que Bird nos recomendou e acrescentamos umas boas doses de uísque. Sabíamos que levaria meia hora para o efeito bater e acabamos cochilando um pouco.

Ao acordar, notei que as manchas da parede pareciam dançar. Pequenas bolinhas saltitavam, divertidas, acompanhando algum ritmo alegre que só elas podiam ouvir. Ainda deitado, notei que uma cadeira acenava para mim. Não me sentei nela, apenas me recostei na parede musical. Em seguida, minha atenção se prendeu a um pequeno quadro, onde nada parecia estático. A pintura se desenrolava como um filme de animação, as imagens se prolongavam umas nas outras. Uma mulher vomitando, duas grávidas japonesas com uma criança no meio, rostos que escorriam, cachoeiras, rostos transfigurados em flores, máscaras tribais, vultos correndo por toda parte, entre tantas outras figuras. O momento mais cinematográfico foi um diálogo entre dois nobres em trajes barrocos, que, mesmo sem que eu os ouvisse, davam a entender que disputavam para definir quem era Napoleão.

Tamanha foi a quantidade ingerida que o Benflorgin teve efeito prolongado, três dias depois eu ainda enxergava alguns morceguinhos voando na sala de aula. Chegar na casa de minha mãe sob o efeito de drogas não foi nem um pouco agradável e me deixou meio paranoico por algum tempo. Porém, antes da bad trip, minha mente me ofereceu um momento fantástico, que até hoje me comove sensivelmente quando me lembro. O dia amanhecia na casa do Kareka, e eu fiquei olhando a cidade do parapeito da janela. Uma caldeira qualquer (real, creio eu) soltava uma coluna espessa de fumaça e a alucinação acrescentou algo maravilhoso a esse cenário. Contornando os fumos, uma majestosa espiral de fogo subia ao céu, sensualmente, junto a curtos relâmpagos. O melhor era que essa pequena mágica não esvanecia, e eu pude contemplá-la pelo que me pareceu ser uns trinta minutos, com calma, como se as chamas estivessem de fato ali, parte natural da paisagem.

É verdade que nos dias seguintes a cabeça deu uns *tilts* e passei um mês tentando me esquecer das alucinações mais persecutórias. É verdade que nós três fomos tão inconsequentes que poderíamos muito bem terminar no hospital, ou no hospício, pois era pouca nossa experiência com drogas e não tínhamos o menor controle sobre o que estávamos fazendo. Apesar disso, posso dizer que aquela foi a experiência estética mais intensa que já vivi, e nem mesmo a melhor pintura de Monet me fascinou tanto quanto aquele céu em que o sonho e a realidade se cruzaram. Se eu fosse religioso, teria rezado, pois aquela visão mais parecia um presente divino, um pequeno milagre para os olhos.

3. Eu amava T. e acho que ela também me amava. Foi ela quem me apresentou a Nietzsche, Morphine e Steinhaeger, quem tentou com um sucesso modesto me transmitir algumas noções de ocultismo e certamente a pessoa que mais me deu forças na pior fase de minha vida. Hoje nós dois concordamos que terminou quando chegou o momento de terminar, mas algumas de minhas melhores recordações têm a participação mais que especial dela, que por algum tempo foi minha contraparte. Gosto muito de recordar, por exemplo, do que fizemos em nosso primeiro fim de semana na praia, com a quitinete da família só para nós. Ainda era início de namoro e não tínhamos muita intimidade com nossos corpos, sentíamo-nos inexperientes, estávamos cautelosos um com o outro. Eu tinha ingressado havia pouco na faculdade de Artes Plásticas e, em parte porque os tímidos precisam de pequenos delírios, não resisti à vontade de ser criativo. Peguei uma caneta, comecei a rabiscar por todo o corpo

dela. Iniciei por seus braços e suas pernas, mas conforme as linhas ganhavam espaço em sua pele, as peças de roupa foram ficando para trás. Eu desenhava pacientemente, já não conseguiria dizer se estava mais interessado em possuí-la ou em prolongar os afetos com um pouco de inventividade. As linhas contornavam seus seios, faziam volutas pelo umbigo, num movimento contínuo que de quando em quando emergia em uma figura (um sol, uma flor, uma espada, um rosto). Depois deixei que ela mesma me rabiscasse à vontade, e em pouco tempo estávamos ambos nus. O encontro dos nossos corpos foi uma continuação natural do jogo, que no fundo não foi tanto uma preliminar para aquela noite de amor em especial, mas uma preliminar para toda a entrega que teríamos por mais três anos.

x 4. Para mim nada disso foi arte, foi vida. Talvez a leitura desses textos tenha proporcionado ao leitor alguma comoção, talvez tenha agradado por alguns instantes, proporcionando sugestões de beleza ou levando a um campo onde imaginação e realidade se misturam. Ótimo, sinal de que a vida ainda tem alguma poesia. A vida, ela mesma. Para mim não foi arte, para o leitor, talvez, se assim ele quiser. Por mais que batalhemos com as palavras, não se pode oferecer acesso a mais do que pobres alusões do que se passou, jamais a experiência direta do vivido.

DULCE FLORES

— Pourra, cadê mi'a champanhe? — esbravejou Seu Robério. — Tô pedindo faz quinze minuto. Comé que pode sê tão difícil trazê uma porcaria duma taça de champanhe?

A mesma cena se repetia a cada manhã na Casa de Repouso Dulce Flores. Antes que os primeiros raios de sol despertassem vibrando nas janelas, a voz fanhosa de Seu Robério ressoava sem piedade, acordando os demais internos.

— Esse hotel tem o pior serviço de quarto que já ouvi falá. Nunca mais passo férias aqui.

Milene, a enfermeira mais nova do recinto, aos poucos ia pegando as manhas. Já sabia que admoestar o paciente não traria nada além de perda de tempo e de energia. Seu Robério só diminuía o tom de voz quando molhava sua boca desdentada com uma taça cheia de água borbulhante. A pastilha efervescente aliviava suas constantes dores estomacais e enganava os sentidos.

— 'brigado, queridinha. Como é mesmo sua graça? Sempre mi isqueço.

— Me chamo Milene, Seu Robério.

— Ah, sim, sim. Milene!

Na primeira semana de trabalho, Milene se arriscou a explicar que ele não estava exatamente em um hotel, mas em um abrigo para idosos, uma entidade filantrópica que recebe modesto auxílio do governo. Olhando-o bem nos olhos, empregava o tom de voz mais tranquilo e didático, na tentativa de lhe devolver algum contato com a realidade. Talvez superestimasse a capacidade cognitiva que ainda restava ao paciente, ou, novata do recinto, superestimasse sua própria capacidade de romper com a inércia.

— 'Cê sabe, queridinha. Eu nunca faço barba ou lavo suvaco de manhã com água de torneira. Água de torneira me enoja por demais. Só uso champanhe.

Daquela vez, Milene não ousou dissuadir. Já notara o quanto Seu Robério se mostrava agitado e pouco colaborativo por horas a fio, jamais sossegando antes do cair da tarde, quando o contestavam. A recém-chegada já havia sido severamente repreendida pelo coordenador e orientada a não questionar os devaneios de quem quer que fosse, sob risco de demissão.

Milene o ajudou a se levantar e calçar os chinelos. Mais uma vez, Seu Robério havia se libertado da fralda geriátrica antes de dormir e urinado na cama à noite. Apesar de saber que não seria ouvida, Milene se queixou enquanto recolhia os lençóis e colocava-os no carrinho de roupa suja.

— O q-q-que tá-tá-tá a-a-contecendo? — balbuciou Juto. O falatório de Seu Robério o acordou antes da hora, abreviando-lhe o sono. Milene tentou, inutilmente, convencê-lo a dormir mais um pouco, mas, uma vez esfregados, os olhos dele estatelavam-se enormes. Ele tocou com gentileza seu braço esquerdo, em uma súplica febril:

— S-sabe m-me dizer s-se o-o p-pedido q-que eu fiz f-foi aceito pelo Tá... pelo Tá-Tá-Tarcísio?

Tarcísio Flores: o coordenador do abrigo, no comando desde que sua esposa Dulce falecera. Os boatos, contados em surdina, são de que a fundadora ingeriu uma quantidade fatal de soníferos, semanas após a inauguração do espaço. Difícil verificar a verdade, são conversas que não podem sair da cozinha, mas dizem que Tarcísio tinha um caso com a prima dela.

    O pedido de Juto, já antiga a reivindicação, nada mais era que um computador para a sala de recreação. Ele não tinha desejo maior que o de trocar e-mails com os parentes e acompanhar os sites de notícias. Claro, e também a webpornografia, por que não? Um pouco de distração seria saudável, há de se convir. Mas Tarcísio reclamava que os repasses da prefeitura estavam minguando — corja de ladrões! bradava —, a contenção de gastos tinha de ser radical.

    — Ah, como eu adoro perfume francês! Min'as próximas férias vô passá na França. Aquilo qui é país chique! — novamente Seu Robério e sua voz ressonante. O que tinha nas mãos não passava de um desodorante popular, que ele umedecia na ponta dos dedos antes de esfregar no pescoço. — Lá em casa, até nosso pudôu usa perfume. Eu num quero nem saber de cachorro malcheiroso.

    — P-p-por que v-você não c-c-cala a boca?

    — Vem calá, p'a ver o que ti acontece, gaguinho de merda.

    Juto engolia a ofensa, cabisbaixando. Milene nem repreendia, apenas suspirava.

Na entrevista de Milene para o emprego, Tarcísio não disfarçou olhares para o decote de sua blusa, que aliás nem era das mais indiscretas. Só depois que ela cruzou os braços é que o coordenador se recompôs. Disse que ela seria muito bem-vinda à casa de repouso, e que se considerasse no seio — foi a palavra empregada — de uma grande família.

    Geralmente após o desjejum, Tarcísio a convocava para sua sala e passava instruções. No escritório ficavam os prontuários de todos os internos, separados pelas alas verde, amarela, azul e branca. Passavam em revista os cuidados necessários aos velhinhos da ala verde, pela qual Milene se responsabilizava. Descontando uma ou outra bronca até que ela adotasse as artimanhas consagradas, Tarcísio costumava dizer que as expectativas eram de que ela fosse efetivada. E proseavam por alguns minutos ao sabor de um café recém-coado. Milene aproveitava para descansar da labuta, enquanto falavam de política ou contavam os casos do asilo.

— Esse gaguinho aí. Ele qué me roubá que eu sei — agitava o punho em direção ao Juto.
— Não, Seu Robério. Ele não quer roubar ninguém. Ele só queria dormir mais um pouco e o senhor acordou ele.
— Por que é que 'cê confia nele? Será que também qué me roubar? — bufava, lacrimejando.

— Estamos cheios de ladrões, por toda parte — dizia Tarcísio. — No Executivo, no Legislativo, no Judiciário.
— Não é de hoje, Seu Tarcísio — Milene inclinava um pouco o pescoço ao falar com ele.
— Não, não é de hoje. Este país vem sendo arrasado desde o batismo. Quer uma dessas rosquinhas? Pode pegar, não se acanhe, não.

Milene pegava logo duas rosquinhas de uma vez. Com as confusões que tiveram pela manhã, não chegara a se alimentar bem.

— "Brasil", minha querida, é mero eufemismo pra "escambo". Começou assim, um terrenão enorme pra cortar madeira e levar pra Europa. Os portuga nem se instalaram de fato, só nos surrupiaram.

Milene concordava, à sua maneira alegrava-se em deixá-lo desabafar. Intuía segundas intenções e reparava nos olhares para suas coxas e peitos. Era só não dar sinal verde para maiores avanços, mas manter-se agradável, para ganhar o chefe na questão do computador novo. Sua estratégia era deixá-lo falar até se cansar, só reforçar o pedido quando ele estivesse com a saliva seca.

— E nosso grito de Independência? Que piada. D. Pedro estava com um desarranjo retumbante às margens do Ipiranga. Nosso hino diz que o berço é esplêndido, que o colosso é impávido, e salve salve...

— Salve-se quem puder, Tarcísio.

— Salve-se quem puder, isso deveria estar no hino! E ao menos um verso sobre má digestão.

Todas as manhãs, a primeira tarefa era checar os velhinhos, um por um. Vez em quando alguém morria durante a noite, mais uma coisa com que se habituar. Pareciam estar dormindo, o rosto tranquilo por ter atravessado uma morte tão suave que não despertara os companheiros de quarto. Vistoriando as camas, Milene constatou aliviada que dessa vez todos estavam respirando, embora alguns se recusassem a se levantar do catre. Uns até se fingiam de mortos, mas não passava de preguiça. A enfermeira bem que gostaria de poder tocar uma corneta, como nos acampamentos militares, para que todos ficassem logo alertas. A maioria já não trazia no pulso relógio que marcasse o tempo do trabalho, apenas sentia o lento escorrer da areia de uma ampulheta cansada.

Alfredo, mais uma vez, com disenteria. Sujou-se com tamanha abundância que Milene teve de antecipar seu banho de esponja. Começou pelo pescoço e pelo peito, os cabelos brancos encaracolando-se sobre a pele murcha. Limpou suas orelhas, que acumulavam cera o suficiente para prejudicar sua já debilitada audição, e foi descendo para as costas magricelas. O suor era levado embora, mas permaneciam as manchas escuras, indeléveis, acusando a inutilidade de qualquer esforço para conservar as aparências. Milene ainda esfregou aqueles pés enrugados, que, inchados, mal equilibravam o corpo ereto. Demorou-se o quanto pôde antes de chegar à virilha e ao traseiro encardidos. Por mais compaixão que tivesse pelo velhinho, tinha que se esforçar ao máximo para pensar em qualquer outra coisa que a distraísse do asco.

As rosquinhas eram daquelas bem crocantes. Tarcísio aparentava bom humor, apesar dos percalços que vinham enfrentando. Ele era incapaz de ficar no mesmo local que outro ser humano sem que a parte de baixo da língua começasse a coçar, pedindo conversa.

— E com D. Pedro II, nos tornamos independentes? Nem tanto, porque sempre endividados. Em vez de darmos a bunda pros portuga, passamos a dar pros banqueiros ingleses.

— Credo, Seu Tarcísio, não precisa falar assim — repreendeu Milene, mal escondendo que sorria.

— Eu é que devo ficar com vergonha? Eu? Vergonhosa é a história desse país.

— É ferdade — respondia de boca cheia, cuspindo alguns farelos.

— Até mesmo nossos momentos mais celebrados... Lei Áurea e proclamação da República, por exemplo: uma dobradinha enganosa. Os negros libertos foram marginalizados como se ainda fossem escravos e a República excluía o povo tanto ou mais que a Monarquia. Mas como poderia ser diferente? Nem a princesa Isabel nem o marechal Deodoro se importavam com as causas que as circunstâncias os levaram a endossar.

O incorrigível Seu Robério, com a idade avançada, não tinha mais a força de outrora. Isso não impedia que, com o pouco que lhe restava de energia, vivesse desferindo cascudos em uma negra franzina, a Zulmira. A pobre retinha as lágrimas, nem falava nada, mas dirigia uma expressão dolorosa para Milene, a ver se ela acudia. Milene só podia imaginar todas as vezes que não havia enfermeiras por perto para protegê-la, se o tratamento que recebia não seria ainda pior.

— O que você fez, Seu Robério? Peça desculpas agora mesmo.

Seu Robério insistia na sua defesa de sempre, de que a negra queria roubá-lo.

— Roubar o que, me diga? Sua dentadura, por acaso?

Pergunta errada. Até a prótese dentária ele juraria que era de ouro puro. O teatro não terminava aí. Cinco minutos depois, ele estaria abraçando a ofendida, que logo esquecia e aceitava seu perdão. Era só a Zulmira se distrair um segundo que o velho passava-lhe a mão na bunda, sem hesitar. Sobrava um tapa na mão boba, sem muita convicção.

— Não posso evitá, neguinha. Tenho macheza demais, nem cabe ni mim.

E pensar que a semana mal começara. Milene preocupada em como seria na quinta-feira, dia de vacinação no posto de saúde. Não havia virilidade que resistisse às agulhadas, todos da casa choravam como bebês, debatiam-se, queriam fugir, uma verdadeira revolta. Mais tarde teria de combinar com Tarcísio a logística da operação, que não parecia simples. Deixou guardadinha essa outra questão na cachola, para discutir depois.

— Nossos políticos sempre se sentiram à vontade com a caricatura. Não é agora com o Tiririca, não começou com o

Brizola, nem com o Jânio Quadros. No início da República, tivemos Hermes da Fonseca, mais comentado por suas festas exóticas que pela política. Ele até se casou com uma caricaturista. Pra não falar de D. João VI, primeiro rei portuga a pisar nas nossas terras, conhecido como o governante mais feioso, glutão e sem modos de toda a Europa.
— E veio com a Maria Louca, né?
— É claro. Vieram para estabelecer uma tradição. Que ninguém nos diga que somos um país sem tradição. Tivemos e ainda temos muitas, só não são das mais louváveis.

Café com leite sobre a mesa, torradas e frutas frescas. Milene abriu as cortinas e chamou os internos ao refeitório. Alguns andavam sozinhos, outros claudicavam em suas bengalas, outros ela tinha que trazer pela mão, e dois ou três manobravam suas cadeiras de rodas. Não podia se esquecer dos babadores, bem colocados sobre a camisa de cada um. Os de idade mais avançada, acostumados com rudezas impostas de outrora, não raro se recusavam a comer, alegando que fome não passava de frescura. Milene tinha que lhes enfiar pedaços amolecidos na boca. Quando resistiam demais, às vezes aproveitava o momento de um bocejo para enfiar goela abaixo.
O café da manhã era um dos raros momentos em que Elisa, filha do Tarcísio e responsável pela tesouraria, dividia o mesmo espaço que os internos. Morena de boca carnuda, sua presença não passava incólume pelos homens, nem pelos que não apresentavam o menor sinal de ereção havia anos. Até Bacelar, que tinha mania de dizer que era o papa, esquecia-se de seu fervor cristão e assoviava.
— Deus seja louvado! Minha Nossa Senhora!
Elisa soltava uma risadinha atravessada. Resmungava

que não esperava a hora de ficar bem velha, bem velhinha mesmo, para os homens pararem de bulir com ela. Era só olhar para a Zulmira, no entanto, que a negrinha a convencia de que nem isso adiantaria.

— Eles não prestam. Não prestam.

— O engraçado, se é que tem algo de engraçado em nossa História — Tarcísio limpou a garganta. — Não, não tem graça mesmo. Mas a ironia é que o primeiro sujeito que conseguiu estabelecer um mínimo de democracia no Brasil tenha sido um safado de um ditador. Getúlio Vargas. Atropelou os Prestes, tanto o Júlio, candidato à presidência, quanto os dois irmãos da Coluna. O presidencialismo era uma fraude e a Revolução Socialista não deslanchava. É ruim admitir, mas naquele momento o golpe era a melhor coisa que poderia acontecer.

— O menor dos males, né, Tarcísio?

— Exato. Não foi uma saída sem efeitos colaterais, mas naquelas circunstâncias, que outra opção havia? Me diz. O próprio Getúlio hesitou em tomar as rédeas do golpe, demorou a se animar com a tomada pela força. — Tarcísio gesticulava tanto com as mãos que lembrava um malabarista. — No começo, ele titubeou, mas quando se sentiu à vontade no poder, se esbaldou.

Quem é que explica? Alguns absurdos têm cores quase singelas, ainda que desnorteantes. Dona Dorinha, sabe-se lá por que, entrou na mesma sintonia de Bacelar, acreditando em tudo que ele diz. Eles têm dessas, às vezes. A senilidade de um se complementa com a de outro, e ambos reforçam seus enganos. Dona Dorinha jura por Deus, sem medo de cometer heresia, que Bacelar é o verdadeiro papa. Derrete-se em honrarias, beija-lhe a mão, curva-se para ele. É só ela se curvar que ele fisga com os olhos os peitos no decote, amassados pelo sutiã bege. Ele toma a bênção com a mão na cabeça dela, sempre umedecendo os lábios com a ponta da língua, e despeja um latim meio inventado, carregado de propostas lascivas. *Fornicatio est maximum donum Dei. Beati nefaria.* Dona Dorinha não adivinha a quantidade de pecados que passam pela cabeça do homem santo, e crê estar bem pertinho do céu, na presença dele.

— Amém.

Quem se dobrava de tanto rir era Zulmira. "Esse aí não é papa, não, sua tonta. Ele quer é papar você." Bacelar fechava a cara todo sério, persignava-se, dizia que Deus castiga os incréus. E que achava pouca-vergonha da Zulmira rezar pra Virgem Maria mas jogar flores pra Iemanjá, onde é que já se viu, e se perguntassem pra Santíssima o que ela achava desse sincretismo todo... Não conseguiu manter a firmeza da repreensão, porque de esguelha reparava na televisãozinha ligada. Transmitiam um programa infantil e a loirinha que apresentava, vestida com trajes sumários, era de se saudar à glória de Deus Todo Poderoso.

— O caso de Getúlio — disse Tarcísio, mastigando um pouco as palavras — não é o único de nossa História em que o ator principal não parecia disposto a cumprir o ato decisivo a que estava destinado. Marechal Deodoro não era republicano, mas para resolver a questão militar se viu forçado a derrubar a Monarquia. Em situação quase oposta, Castelo Branco era o general mais legalista da cúpula, apesar de inaugurar a ditadura por temor ao Jango. E a própria Independência: para D. Pedro II, o Brasil não passava de um paraíso sexual, que ele só libertou de Portugal por desavenças particulares.

É como se jamais houvesse o ator que a cena pedia, como se não houvesse um único brasileiro cunhado para o papel designado. Mas alguém tinha que subir ao palco e improvisar para que o espetáculo continuasse.

Sobre a escrivaninha de Tarcísio, havia uma foto de Dulce em seus primeiros anos de casamento. Vestia uma blusa de renda branca, meio transparente, a boca aberta evidenciava dentes bem simétricos. Possuia um ar confiante, de mulher decidida. Milene pensou que gostaria de ter um rosto tão expressivo quanto o dela. Dulce ainda deveria estar muito apaixonada por Tarcísio quando soube que ele tinha um caso com sua prima. Mas não estava certa de que a história fosse verdadeira, podia ser boato de gente mesquinha. A filha aparentemente não demonstra grandes rancores. Não seria pouca coisa perdoar um homem que levasse a mãe ao suicídio, mesmo que fosse o próprio pai. Milene decidiu que provavelmente era mentira.

— Este é um país estranho demais. Beira o inexplicável. Eu lembro muitas vezes de uma foto que vi da Intentona Comunista. 1935, os militares rebeldes do 3º RI, no Rio, renderam-se rindo. Não consigo imaginar qualquer outro país em que um militar ou um comunista, em vez de ser a clássica figura circunspecta, seja capaz de perder a batalha de sua vida e cair na gargalhada.

— Querem sabê como foi que eu fiquei milionário? Claro que querem, pois vou contar. — Seu Robério, com os cotovelos na mesa do café da manhã, atrapalhava-se sozinho, não sabia se mastigava ou tagarelava. — A jogada é percebê um mercado novo, sacá uma demanda, né não? E muito, muito antes de eu podê comprá perfume francês pro meu pudôu, bem antes de eu podê tê um cachorro de raça, eu notava como esses bichinhos, sabe como é, eles se assanham todos nas pernas da gente. Uns bichinhos tarados e sem vergonha.

— S-s-s-sem vergonha é v-você, s-seu pa-p-patife.

— Fica quietinho aí, se nã te dou um tabefe que destrava tua língua. Posso continuá? Então, como eu tava falano, eu percebi uma necessidade que ninguém antes viu. Que era criá a cadela inflável pros animaizinhos. Pronto! Foi um sucesso, ganhei tubos e tubos de dindim.

— Me diz, Milene, me diz. Quem soube ter postura de herói neste país? Pensa em alguém, de qualquer momento histórico. O Jango, por acaso? O Jango só piorou as coisas, deu pretexto pra ditadura assumir o comando. Os militares tavam animados pra dar um golpe desde o JK, que quase não recebeu a faixa. O momento já era tenso, a roda dos conservadores morria de medo de que Jango fosse comunista... Primeiro o JK (que acabou fazendo um grande favor aos militares ao construir Brasília, providencialmente longe do povo), depois mais dois Js, Jânio e Jango. O Jânio, de tão patético, renunciou. E o Jango fez que fez, cantou de galo, atiçou a direita, mas quando a coisa apertou, afinou. O que ele pensava? Que ia fazer reforma agrária, posar de revolucionário e tudo mais e não ia sofrer nem um achaque por parte da oposição? À menor ameaça, não se opôs à oposição, só serviu pra deixar o inimigo mais forte.

— Mmm-mm — Milene assentiu.

— Pensem bem 'qui comigo — vez em quando Seu Robério voltava ao assunto. — Eu num sei a estatística, mas num tenho dúvida que se o IBGE fizer a pesquisa, vai confirmá. Certeza que pelo menos um de seus conhecidos deve tá, nesse momento, sem pinto. Pelo menos um entre milhares, ele não tem, a coisa num tá lá. Ou porque nasceu sem, com defeito, ou porque perdeu num acidente, ou necrosou, ou uma mulher cortou... Vocês acham mesmo que todos os homens com quem vocês conversam, todos eles tão com seus pintos no lugar? Claro que não. Alguns num têm mais e fingem que têm. Dão um jeito de mijar de pé, disfarçam bem, porque ninguém vai dar alarme de um problema desses. Podem apostar.

— O Collor, que dizia ter aquilo roxo, é outra bizarrice que não aconteceria em nenhum outro lugar do planeta. Na campanha presidencial, ele acusa o adversário de querer confiscar a poupança dos brasileiros. Os eleitores, idiotas, acreditam e votam nele, só pra logo depois verem que quem confisca a poupança é o próprio Collor!
— Precisava mesmo ter aquilo roxo pra aprontar uma dessas. E pra gente de que adiantou o *impeachment*? — Milene se ouriçava. — Fernandinho agora tá no senado, tá bem de vida, tem força política, tem apelo. Qualquer país mais educado não deixaria um cara desses ir nem até a padaria sem apanhar.
— É um povo esquisito. Muito esquisito mesmo.
Tarcísio apontou para uma rede pendurada próxima à escrivaninha.
— Você se importa se eu continuar a conversa deitado ali na rede? É que minha bunda dói se fico sentado muito tempo. Eu passo horas na rede, com um laptop no colo.
— Tem problema, não, Seu Tarcísio. Fique à vontade.

Seu Robério geralmente jiboiava por uma meia hora após engolir alguma coisa, soltando seus famigerados roncos. Nessa manhã, no entanto, estava agitado e foi se lagartixando de uma mesa à outra. Falava bem alto, para quem quisesse e para quem não quisesse ouvir.
— Eu fui ficano cada vez mai rico, mai rico, cada vez mai

rico, porque esse é o país dos espertos. Brasil é o país dos malandros porque é tamém o país dos manés. Eu pagava uma merreca de salário, sempre tinha um esfomeado disposto a pegar no pesado. Eu nem pagava imposto, quem paga são os patos. Quem achasse ruim, ia fazê o quê? Ia fazê o quê? Eu toda semana jantava com deputados. Os deputados que eles mesmos votavam ficavam do meu lado. Os deputados que os pobres elegiam me protegiam das broncas deles. Pourra, todos umas bestas. Não podiam fazê nada, necas, nunca!

Arqueava as costas em um acesso de tosse, mas nem por isso perdia a pose. Nada, necas, nunca, repetia, com os olhos ardidos.

— Calma, Seu Robério, mantenha a calma. Tente ficar mais calmo, senão o coração não aguenta. Descansa um pouco, vai?

— Vai me dizer, Milene, que a rede não é sua invenção indígena favorita? Claro que é.

Era mais de um metro e noventa de homem estendido na rede. Tarcísio estava bem conservado para a idade, recém-chegado aos cinquenta. Não era à toa que se sentia à vontade no papel de sedutor, tinha calibre para isso.

— E o governo do Lula, Milene, o que você achou daquilo?

— O que eu achei, Tarcísio? Quer saber mesmo?

— Quero e muito.

Tarcísio balançava suavemente na rede, pairando sobre algumas pastas e cadernos que se esparramavam pelo chão, ao alcance das mãos.

Milene hesitou, não estava à vontade para dar sua opinião ao chefe. Mas com a insistência dele, suspirou fundo, reuniu suas forças e disse:

— Eu acho, Seu Tarcísio, que só um presidente que encarnasse todo tipo de preconceito poderia desafiar a lógica da exclusão. O brasileiro é cordial com quem senta na mesma mesa, com quem fica de fora é extremamente vulgar. Um torneiro mecânico chegou lá em cima, o Lula quebrou um tabu e propiciou avanços. Mas pra ser realmente convincente, Lula teria que romper com outro paradigma, o da malandragem generalizada. Ele nem derrotou os conservadores, que continuam poderosos e intransigentes, nem fez um governo à prova de críticas, pra que a oposição caísse em descrédito.

Um ruído quase imperceptível de clique, de algo se desamarrando.

— Hum.

Os olhos dela iam e voltavam, seguindo o balanço da rede.

— O país só vai sair do atraso se deixar os velhos hábitos pra trás. Mas aqui ninguém chega ao topo sem jogo.

Tarcísio se revirava todo na rede.

— O Lula não se candidatou apenas à presidência...

Os dedos inquietos enquanto ele escutava.

— Lula se candidatou à vaga de primeiro presidente heroico do país...

Tarcísio acenava para ela com um sorriso estranho.

— Mas ele só conseguiu ser um herói ambíguo...

Um sinal para que ela se aproximasse.

— É o máximo que tem lugar neste país.

Seu Robério, exaltado com seu próprio discurso, esbarrou em uma xícara cheia e se queimou com café. Chorou, esperneou como um possesso, estressado e estressando, afligindo os pacatos velhinhos como uma doença veloz. Ossos frágeis, estômagos idem, tremem e vomitam à menor pressão. P-p--p-para. P-para agora p-p-por favor. Milene implorou para colocar devagarzinho, mas mal tirou a calcinha, sentiu o cacete bombeando forte por dentro. Dona Dorinha estrebuchava de riso, mijando-se suavezinha. *Deus vivit in terra brasilis.*

Seu Robério largava a boca escancarada, sem dizer nada, apenas um pânico estatelado paralisado. Quem se movia, e muito, era Zulmira, incorporando preta velha, o santo querendo baixar — Rodopia, Exu, rodopia! A rede rangia com o vaivém, em ritmo cadenciado. Tarcísio, você compra um computador, ai, ai, que delícia, compra um computador pra sala de, ui, ui, assim que eu gosto, pra sala de recreação? *Venerabilis voluptatibus.* Saravá, que todos os santos desçam ao nosso reino impuro! Claro que compro, benzinho, tudo que você quiser. Alberto não se aguentava com o nervosismo das vozes, cantadas ou urradas, borrava-se novamente. Se deixassem, ele iria lamber a própria bosta, como sempre que se apavorava. Todos, sem uma única exceção, comungam com Exu, trocando favores e prazeres. Ui, ui, assim tá muito bom, do jeitinho que eu gosto. É saber pesar com olhar zarolho, avaliar de viés. Ninguém vai cuidar do Seu Robério, ele tá com crise de asma, não tão vendo? Trespassar as noções desmisturadas do bem e do mal. Sorrisos desdentados enquanto veem Alberto com as vergonhas de fora, balangandando. Seu Robério não tá nada bem, parece vai ter um enfarte. Todo dia é dia santo, não há pecado abaixo do equador. As paredes quase rachando com o movimento pra lá e pra cá. Ai, que gostoso, ai, que delícia, ai, ai, não para, não para, não. Elisa chorando mansinho, todas suas dores represadas. As cadeiras de rodas rodopiando, zunindo de um extremo a outro. Revirava de pernas pro ar, corpocomcorpo, assim, vai com tudo, a rede pesando, prestes a cair. O q-q-que tá acontecendo?
 O-o-o-o-o-o-o-o
O pau-brasil é a madeira dos arcos de violino, o azul do céu é anil e a tinta que se extrai é vermelha.

Moral da história: não há.

FRICÇÃO

Necessário o escape — os sonhos se misturam e aturdidos os aceitamos. Deixemos os cientistas dizerem que o território mais desconhecido pelo homem é o cérebro, o fundo do oceano, o mundo subatômico ou o espaço sideral. Complexa a relação entre matéria e mente, improváveis as condições de vida batipelágica, intangíveis e traiçoeiras as partículas elementares, vasto e múltiplo o Universo — porém resta um enigma maior. Esquecem-se do amor, o mais insondável dos mistérios. Amor: surge apenas quando se friccionam fantasia e realidade.

Área de fumantes, alta madrugada. Drica disse, devolvendo o isqueiro: *Obrigada, você é o homem da minha vida.* O cabelo tingido de vermelho, a minissaia de couro e o MD que ele havia tomado. Qualquer coisa que a garota dissesse soaria perfeita para o momento, saborosa malícia e fiança de que a aventura se insinuava. Em poucos minutos o beijo enganchado, corpo entregue, a noite se deslindando. O que Ângelo sequer desconfiava era que dentro de alguns meses estariam morando juntos.

De nada adianta perguntar o que ela havia visto nele tão de súbito, Drica costuma falar pouco. Quem comenta a covinha de seu queixo são as amigas, ela apenas assente. O jeito de segurar o cigarro, o sorriso quase infantil, a melodia suave de sua voz. Ou a maneira com que se recosta na parede, o calcanhar apoiado com displicência no outro pé?

Ele, Ângelo — o homem que nunca gozava. Perguntava-se se ela poderia já saber disso, desde a primeira vista. Talvez alguém em algum momento tivesse apontado, *é aquele*. Mas tinham poucos conhecidos em comum na metrópole das multidões anônimas.

Ela, a mulher que jamais se apaixonara — por que logo ele, afinal? Que narrativas futuras teriam adivinhado um no olho do outro, naqueles breves instantes iniciais? Ângelo sentiu um calafrio quente subindo a espinha, o coração acelerado e uma doce euforia. Persistia a dúvida, se o que provocara tal efeito fora Drica ou a droga.

Fato: deixou o cotidiano se transformar. Pela primeira vez, uma mulher morando em sua casa, dividindo os lençóis e as tarefas domésticas.

Uma ternura miúda ao acolhê-la desde que chegou com a mochila rosa nas costas, então as roupas de baixo femininas, uma lanterna marroquina em forma de estrela. Nas mais sutis infracamadas, o ambiente ganhando novo aroma, nova pulsação, uma composição mais complexa de luzes.

Nem tudo mudado. Ainda insaciado enquanto homem. O esperma ele jamais produziria, confirmado o diagnóstico de aspermia, seu corpo incapaz de sintetizar os hormônios requeridos, mas nenhum dos vários médicos consultados soube explicar por que ele não poderia sentir um orgasmo. Horas a fio remexendo o pau, não importava a posição ou o estímulo, nem uma vez sequer em toda a vida. Isso a Drica não contava para as amigas. Já é de falar pouco, não seria essa intimidade que iria dividir. Não, algo tão valioso poderia transformar melhores amigas em ferrenhas rivais. Que mulher não iria querer ser a primeira a realizar a façanha? Quase como desvirginar um homem experiente. Ou, dispensando o romantismo, abdicar da honra, mas desfrutar da condição especial de Ângelo em noites prolongadas.

Drica gosta demais de ir por cima. Movimenta-se com frenesi, como quem mete, como se o pau fosse também dela, fodedora, apagando fronteiras entre macho e fêmea. Abnegadamente, Ângelo satisfaz a parceira. Não arranca muitas palavras de Drica ao longo do dia, mas à noite, gemidos dela são as melhores carícias aos ouvidos. Não saber o que é desaguar em jorro, mas sentir formigamentos bons e microtremores pelo corpo. Depois de se acostumar, notou como o cheiro dela é bom. Após três noites com ela, viciado.

De início, Ângelo havia encarado como conversa de bêbada aquela história de ser o homem da vida dela. Por mais que indetectável a ironia no tom da voz, tomou por brincadeira. No entanto, com o fruir dos dias, ele, por algum estranho motivo, ou, mais estranho, por motivo nenhum, começava a concordar que algo mais forte que a simples conveniência os unia.

Continuava sem saber muito sobre ela. Partilhavam algumas referências, Lou Reed, Toulouse Lautrec, Tarantino, mas os comentários dela sempre se restringem a *gosto* e *não gosto*, sem muitas nuances. Em linhas gerais, concordam também na política, ambos resignados com a social-democracia. O jornal rasteja por baixo da porta todas as manhãs e leem calados na cozinha. Se ele entabula uma discussão, ela emite constatações objetivas, sem muito entusiasmo pelas próprias opiniões. Era a mulher que nunca se apaixonava, e tampouco pela política ou por arte demonstrava um apego inflamado.

Apesar de tudo, nos momentos de quietude, a sós com Ângelo, rosto diante do rosto e um roçar delicado das mãos, ela emana um calor especial. Por alguns segundos, considerava que talvez conhecesse dela tudo que precisava, do canto dos olhos ao interior quente.

Vez em quando, com ternura inesperada, ela dizia: *Eu precisava de você muito antes de saber.* Então segurava bem firme sua mão, e já não estavam mais na sala, estavam sentados sobre lisos seixos, com os pés na água, ouvindo o rumor da cachoeira e deixando os olhos vagarem pela torrente. Ângelo deixava-se levar, um estado agradável de suave catatonia.

Cada vez a achava mais bela. Desde a primeira manhã juntos reparava no quanto ela é atraente, porém não mais do que outras tantas com quem estivera. Com o passar dos dias, confirmou que não encontrava defeito algum em sua pele, todos os traços combinados em uma compleição indefectível. Tornava-se um desafio, quase uma afronta. Rosto perfeito intimida. Deixa de ser carne, descola-se do mundo, como máscara. Algo de sobrenatural. Intransponível. Um terror de luz, mais terrível do que qualquer terror de sombra visto ou imaginado.
Então o atacava uma vontade muito grande de dizer a ela, sem qualquer preâmbulo: *Nem as plantas vivem sem angústia.* Mas quando ela perguntava *O que foi?* ele achava a frase muito imbecil e se calava.

Ângelo começava a sentir, no entanto, que de tão solenes não estavam em harmonia. Faltava sofrimento. Faltava um ziguezague na espinha dorsal. Pois todo coração bombeia um pouco de veneno misturado ao sangue. Era por amor, com generosidade, que queria lhe ensinar um pouco de ódio. Não com desprezo, mas como aranha que tece sons e devaneios.

Nem precisou dizer nada. Só de erguer as sobrancelhas, estava implícita a pergunta. Qual era: *se dá pra confiar, assim, no silêncio?*

Ela sentiu uma vibração diferente na sala, como um surdo percebe um rádio mal sintonizado no crispar dos cabelos. Drica captava a novidade da tensão, não precisava sintonizar para ouvir a mudança na trilha sonora. Defensiva (afinal vinha confiando mais e mais que o olhar de um seria para sempre a dimensão ampliada do espírito do outro) disse, com voz embargada:

Meu anjo. Angico. Tentava se ater à convicção de que, lá fora e no alto, os raios de sol sugeriam uma interpretação azul para o céu terráqueo, ofuscando as estrelas distantes enquanto tingiam o espaço.

No entanto, ele rasgava este primeiro céu, trazendo a noite para dentro. Ninguém emitia som algum, apenas aquele zumbido que se infiltrava nos poros. Se ela estivesse segurando um prato na mão, teria deixado cair, teria se espatifado. Porém o peso nos ombros era responsabilidade monolítica, sem objetos onde descarregar.

(Ele se lembrando à toa que ela, quando ficava doente, gostava de vestir o blusão azulado, o mais aconchegante que tinha, e assistir a filmes no sofá tomando chá de hortelã. Invariavelmente adormecia com o ruído da tevê ligada.)

Em desespero, frontal demais para que pudesse fugir, ela devolveu a provocação como pôde. *Você não faz a barba há mais de dois dias.* Ao que ele retrucou com um *E...?* Ela emendou, aflita: *Não é feio, mas machuca minha pele.* Ele iria passar para um ainda mais lacônico *E...?* mas resolveu dar uma chance. Lembrou-se que ela se apaixonava por um homem pela primeira vez.

Disse que não estava com a menor vontade de se barbear.

Ela poderia escanhoá-lo, se quisesse.

No banheiro, que Drica mantém sempre tão limpo e perfumado, mas que antes que ela se mudasse estava sempre muito aquém do impecável, nesse recinto de libações e purgações, a mulher empunhou o aparelho de barbear contra o rosto do homem.

Ele ostentava os músculos rijos do torso nu. O creme cobria o rosto, as pálpebras à meia altura. Ela não queria olhar, queria deixar a mão correr cega na pele dele. Nunca antes uma delicadeza tão atroz em sua vida.

Drica percebia-se trêmula, embora se esmerasse para controlar-se. Ele desejava secretamente que ela vacilasse por um átimo, extraísse sangue de sua carne.

Como se ouvisse seus pensamentos, ela captou o inevitável da tarefa. Soube que iria feri-lo. Tarde demais para recuar, o ritual teria que se cumprir. Antecipou também a certeza de que toda continuidade oscilaria. Para tomar coragem, resgatou o que sentiu no primeiro instante em que o viu, a inexplicável sensação de um verdadeiro encontro. A sorte havia sido lançada meses atrás, sob o abrigo insone de uma casa noturna. Vivia a consequência daquela noite ferina, em que o álcool havia lhe dado a audácia necessária. Deslizava em corte macio. Dessa vez sóbria, transia-se por saber que algo urgente se manifestava.

Bastou a distração de um milésimo — em que ela julgou ter ouvido o galope de um cavalo na rua, ferradura contra o pavimento gélido. Baticardia. A espuma não disfarçava a ferida. A passagem da gota de sangue dos pequenos vasos para a face, a água incapaz de limpar o já feito. Uma pequena falha infligida.

Um gosto cúprico de sangue se fortalecia na saliva. Diluía-

-se a sensação de que poderiam ser um corpo só. Não existe encaixe, todo contato humano é fricção. As extremidades acentuadas, ampliada a carga da eletricidade que percorria de um polo a outro.

    A memória de curto prazo não registrou ou não conservou os gestos afoitos de se despirem. Quando deram por si já estavam nus, como se a cena tivesse sido decupada por um montador de cinema. O membro pênsil socado com toda a força, soerguendo-a. As unhas dela deslizando na pele, eletricidade correndo em seu corpo. Serpenteantes os quadris, embalo forte e cadenciado, enquanto o rosto contorcia-se numa careta, como uma máscara tribal africana ou um retrato de Picasso.

    Os gemidos tão altos que se fizeram ouvir pelos vizinhos, fatalmente serão comentados pelo prédio todo e lembrados ano após ano, sempre que os encontrarem no elevador ou nas reuniões de condomínio (ou na farmácia ou na padaria ou no açougue) mas eles pouco se importam. O mundo, apenas aquele banheiro diminuto, as carnes se apertando contra os azulejos. Noite dentro, dia fora. Um feroz urro de prazer acumulado por décadas — e uma milagrosa gota de esperma cintilando sobre a pele. Espumosa contração, saliva ardente, cristal aquoso a espelhar olhos revirados pelo deleite.

NÉCTAR VERMELHO

Please lose yourself in me
(My Bloody Valentine)

Não, não posso virar morcego, isso é coisa de filme. Não será com recursos tão espetaculares que irei te persuadir, mas creio que não estou longe de conseguir. Vejo que tua boca gargalha, mas teus olhos denotam espanto. Conheces-me bem, somos íntimos há pelo menos três anos, já sabes dizer quando estou brincando e quando estou falando sério. Olha bem para meus olhos, presta atenção ao meu tom de voz e diga se te parece que estou brincando. Está bem, eu já esperava isso, que dissesses que estou ficando louco. Mas esperava também que o dissesses sem muita convicção. Enquanto tentas me fazer calar ou mudar de assunto, enquanto hesitas entre me agredir ou me distrair, eu noto, como em uma sutil veladura de teus pensamentos, que algo se delinea em meu crédito.

A começar pelos meus dentes. No início, eles te preocupavam, mas não me custou muito fazer crer que era um pequeno desvio genético, sem maiores implicações. Há casos de pessoas que nascem com uma orelha nas costas ou braços sobressalentes, ou com tantos pelos que se assemelham a lobisomens. Não seria um par de caninos avantajados que me tornaria menos humano, certo? Isso é o que digo para todos e todos acreditam, ao menos nas últimas décadas. Em épocas de maior fervor religioso — ou seja, durante a maior parte de minha existência —, eu não podia aparecer na rua sem causar alvoroço. Sempre gostei da luz do sol, por mais que meus olhos sejam sensíveis, mas durante séculos minha maior preocupação foi a hipersensibilidade de olhos humanos diante de um monstro que adorariam reduzir a pó. Vivemos outros tempos, a vitória do cientificismo me permite andar entre os homens sem causar sobressaltos.

Tu mesma, logo aprendeste a gostar de passar a língua de uma trave a outra da minha arcada, sem jamais desconfiar de quantas jugulares minhas presas já rasgaram. Não és minha primeira namorada humana, e outras vezes eu soube guardar segredo por anos a fio. Quando se é como eu, aprende-se algo sobre a discrição, aprende-se algo sobre o disfarce. Rio-me por dentro quando dizem que minha aparência é ótima para um quarentão, ou que descrevo o século XV como se o tivesse vivido. Nunca te censuro quando declaras ser um ano ou dois mais jovem, afinal eu minto a minha idade em mais de cinco séculos.

Estás um tanto calada, mas noto como tua respiração ficou ofegante. Estou enganado, ou em tua expressão há um pouco de desejo misturado ao terror? Noto um brilho nos olhos de ávida curiosidade e de excitação frente ao perigo. Ótimo. Teu olhar fixo no meu já não parece procurar sinais de insanidade, e não acho que haveria esse fulgor caso considerasses que estou ficando débil. Aliás, não são apenas os dentes pontudos que dão credibilidade ao que eu te digo. Ainda no café da manhã, que tomamos juntos, com os jornais abertos no colo, nossas conversas foram serenas e sagazes, em seguida mostrei a ti meu artigo sobre Dalton Trevisan. Se discorrendo sobre literatura eu parecia são, e se de lá para cá não bati a cabeça, não tive convulsões nem tomei drogas pesadas, seria pouco provável que minha lucidez se esvaísse tão rapidamente e sem motivo, certo?

Está bem. Quando decidi contar meu segredo a ti, não esperava que ficasses eloquente, talvez seja melhor eu seguir falando mais um pouco. Toma um cálice de vinho, querida. Beba devagar. Assim não, devagar. Está escorrendo um pouco em teu queixo, deixe que eu limpe. Estás um pouco trêmula. Não é à toa, eu sei. Todas as discussões de relacionamento de tua vida, todas as aborrecidas D.R.s não são nada perto do que temos para conversar agora. Mas não precisas temer, eu não mato ninguém há pelo menos um século. Sinto-me em uma daquelas reuniões de grupos de apoio, com a diferença que em vez de alcoólatras anônimos, eu seria um hematófago anônimo.

Confesso que não foi nada fácil mudar minha dieta. Ao longo da maior parte de minha vida, eu nem hesitava ao atacar as pessoas. Observando como são os seres humanos, vendo toda sua ardileza, sua covardia e infâmia, não os tinha em cotação muito alta. Não encontrava muitos motivos para me sentir culpado de banquetear-me conforme a fome pedia, não tinha mais simpatia pelas minhas vítimas do que um fazendeiro tem pelos bois que abate. Com o passar dos anos, algo foi mudando neste peito que apesar de morto ainda bate, e gradativamente fui alterando meus hábitos. Não aconteceu de uma hora para a outra, foram séculos até eu abandonar os prazeres do néctar vermelho. Primeiro, passei a dar preferência aos condenados, aos que já tinham sua sentença de morte assinada. Não me agradava muito roubar a vida de quem tivesse longos anos pela frente, mas eu não via grande mal em abreviar aquilo que seria questão de horas ou dias. Se no início eu atacava camponeses distraídos e cidadãos que erravam bêbados por vielas escuras, meus restaurantes favoritos passaram a ser as celas dos condenados. Eu me eximia da responsabilidade das minhas vítimas, pois, antes de mim, era a lei dos homens que destituía aqueles coitados de seu fôlego. Parecia-me um enorme desperdício deixar aqueles apetitosos pescoços desfigurados pela forca ou decepados pela guilhotina sem aproveitar-lhes o sangue. Quando se tem tanto tempo de experiência em atividades predatórias e um instinto assassino refinado, não é tão difícil esgueirar-se pelas sombras, penetrar em recônditos mal guardados. Eu entrava e saía de quantas masmorras quisesse totalmente despercebido. No horário marcado para a execução, os carcereiros encontravam um corpo que julgavam morto por suicídio, pois com uma faca afiada eu acentuava a marca de meus caninos.

No início, eu gostava de tais expedientes. A adrenalina era bem maior nesse tipo de expedição do que em meus velhos ataques aos desgarrados que circulavam à noite com imprudência fatal. Mas não foi tanto pela aventura, e sim por um resquício de alma, se é que abrigo uma, que me pedia para poupar os que teriam vida longeva pela frente. Contudo, se minha consciência ficava aquietada, não posso dizer o mesmo quanto ao meu senso de autopreservação. Eu não me alimentava mal, decerto, pois muitos prisioneiros eram homens de sangue espesso e quente, mas com a repetição das minhas investidas, os carcereiros passaram a desconfiar e a aumentar a vigilância. Cada vez eu sentia que podia passar menos tempo em uma mesma cidadela antes de levantar suspeitas, e me pus a pensar em uma alternativa para encontrar alimento em abundância.

Minha saída foi passar longas temporadas em campos de batalha, recolhendo pela manhã os despojos de cada combate. Peregrinei por toda a Europa, pela Rússia, pelo Oriente Médio e pela China, onde quer que houvesse gente transpassando aço afiado na carne de seus semelhantes. Com tal experiência, posso dizer com toda a convicção, constatei que não existiu um único dia nos últimos séculos em que não houvesse uma guerra em algum lugar do planeta. Eu me refestelava com os corpos ao relento ainda frescos, com os soldados deixados para trás semiconscientes, ou enterrados com tamanho improviso que eu os retirava do solo com a facilidade com que se colhe uma batata. Perdão, sei que esses detalhes devem te causar repulsa, no entanto, aquilo era eu tentando deixar de ser uma aberração. O melhor que eu poderia fazer ainda te soa grotesco, e talvez fosse, mas era o que restava em mim de humano. Nós dois sabemos que histórias como essa sempre te atraíram. A diferença é que supunhas que eu fosse um escritor muito imaginativo, quando na realidade jamais escrevi uma única página de ficção. Meu passado cruel, minha cara, sinta asco ou ódio ou medo — agora que comecei devo fazer a confissão completa —, meu passado bestial não era literatura.

Hoje tu me acompanhas a jantares sofisticados com gente importante, e nos servimos de camarões, mariscos, cordeiro, macarronada ao pesto, talvez crème brûlée de sobremesa, ou simplesmente dividimos uma pizza de escarola. Sabes bem que tenho um estômago complicado até mesmo para os melhores pratos, não fazendo muita diferença se é uma refeição suave à base de salada ou uma feijoada completa. Levei ao menos cem anos para habituar meu corpo a essa mudança de cardápio, e creio que a transição nunca vai se dar plenamente. De tudo o que como hoje, nada me cai tão bem quanto uma bela morcilla, e sempre peço minhas carnes malpassadas. São pedidos que alguém com problemas de digestão evitaria, mas quando os peço, sinto-me bem-disposto. Tu já reparaste nisso, e sei que ficaste intrigada.

Tu saboreaste minhas páginas mais cruéis, querida, e agora sabes que tudo aquilo aconteceu. O desespero das minhas vítimas, as últimas palavras delas enquanto o sangue ia se esvaindo. Morriam tão lentamente que tinham tempo para sussurrar seus maiores medos e prantear seus maiores amores. Não eram personagens, eram pessoas de carne e osso, que se debatiam em vão contra uma força sobre-humana, sobrepujadas até o desfalecimento. Virgens que vinham se guardando para um casamento que jamais se consumaria, padres que se desesperavam com preces que se provavam inúteis, prostitutas que ainda aguardavam amor após anos de maus-tratos, velhos heróis de guerra convencidos de que o pior havia passado, e até mesmo loucas desvairadas que sequer percebiam que eu lhes sugava a vida, confundindo minha mordida com um beijo luxurioso. Pode ter parecido belo e fantástico nas páginas publicadas, mas nada disso foi fruto de uma imaginação poética. É minha autobiografia. Finalmente conheces teu noivo.

Inclusive tuas passagens favoritas, os anos em que passei em Valáquia, na corte de Vlad Tepes, mais conhecido como Conde Drácula. Não me olhes assim, por favor, isso foi há mais de quinhentos anos, hoje eu sou outro. É claro que, para os mortais, Drácula fez por merecer o nome, que em romeno significa *Filho do Diabo*, mas para os vampiros ele criou um paraíso terrestre. Por mais humildes que fossem nossas origens, sob seu reinado todos fazíamos parte de uma elite, reunindo-nos às centenas no Castelo de Bran. Dos muros do castelo para dentro, éramos a própria representação do que se entende por nobreza, ocupando nosso tempo com festas intermináveis e apreço às artes, à literatura e à filosofia. Nem mesmo a mesquinhez das disputas políticas era de nosso feitio, pois estávamos satisfeitos com o governo de Vlad. Sequer precisávamos caçar, o precioso líquido jorrava aos borbotões em praça pública, como a água jorra de fontes naturais. Todas as precauções eram tomadas para que os condenados não morressem imediatamente, mas passassem dias agonizando nas estacas, mantendo o sangue sempre fresco. A concepção de urbanismo em Valáquia se resumia à disposição dos empalamentos, que às vezes chegavam aos milhares, em enormes figuras geométricas, geralmente círculos infernais de gente agonizando em torno das vilas.

    Eu tive quinhentos anos para pensar no assunto e até hoje não entendo bem como os humanos permitiram tudo isso. Nós, evidentemente, tínhamos o pretexto de nossa eterna sede, mas qual a desculpa dos mortais? Por que o povo e os governantes vizinhos confiavam na menos confiável criatura que já subiu em um trono, alguém que desprezava a humanidade de maneira absoluta, pois sequer pertencia a ela? Mulheres, crianças, membros da nobreza da Romênia e da Transilvânia, pessoas muito próximas a seu círculo de poder, ninguém estava a salvo em meio àquele terror. Perdão, minha cara, desculpe-me por levantar o tom de voz, desculpe-me por te assustar assim, porém muito mais assombrosa do que a Valáquia de Vlad foi a apatia dos humanos. Aquela apatia somente aumentava meu desdém pelos homens e, errado ou não, fez com que eu me sentisse no direito de beber todo aquele sangue ralo.

    Calma, querida, mantém a calma. Respire. Por favor, pare de chorar, ou eu choro também. Não tenho medo da morte, não tenho medo de nada, apenas de te perder. E não tem nada mais ridículo do que um vampiro chorando. Calma. Eu sei que tudo isso é mais agradável nas páginas dos livros do que na tua sala de estar. Mas aquilo foi há muito tempo, o equivalente a muitas vidas humanas. Pensa como se fosse uma outra encarnação, pois assim é para mim. Seque as lágrimas. Tu desconfiavas há algum tempo, eu sei o que estou dizendo. Desconfiavas e continuou comigo, por isso que estou te contando. Só quero que não tenhas medo de mim, está bem? Eu poderia acabar como Ivan, o Terrível, que um século antes de reinar na Rússia, foi um dos súditos mais próximos de Vlad. No entanto, para mim, a influência foi outra. O convívio social, ainda que em uma sociedade de vampiros, despertou-me o gosto pela cultura. Naquela corte tenebrosa, o ócio me permitiu descobrir o prazer pela leitura, foi o que me despertou alguma sensibilidade.

    Tu leste minha obra toda, sabes que eu não causei apenas mal. Lembras das mulheres que eu salvei? Lembras das mulheres injustamente consideradas bruxas pelo Tribunal do Santo Ofício? Como eram idiotas os homens daquela época. Muitas vezes, sentiam-se enfeitiçados por uma mulher bonita e achavam que se tratava de bruxaria. Prefeririam ver uma mulher arder até a morte do que admitir a si mesmos que ardiam de paixão. Testemunhei essas cenas lúgubres tantas vezes que me compadeci, e decidi me valer de minha monstruosidade para fazer justiça. Na noite anterior à execução das condenadas, adentrava as masmorras onde eram retidas as prisioneiras. Eu cobria a boca delas para que não gritassem, segurava forte seus braços. Então, com a voz mais doce que uma criatura das trevas pode assumir, sussurrava meu plano em seus ouvidos. Por mais absurda que lhes soassem minhas palavras, eu era sua única esperança, única alternativa diante da morte certa. Quando eu sentia o primeiro sinal de relaxamento, soltava-lhes os braços e gentilmente afastava os longos cabelos do pescoço. Se ainda houvesse alguma resistência, esta se desfazia assim que eu rasgava meu pulso. Então, elas bebendo meu sangue imortal e eu me deliciando ao arrancá-las da vida humana eram um só gesto de sublime transformação. Os homens comuns me pareciam infames e hipócritas, mas eu reafirmava minhas próprias crenças diante de mulheres que nada tinham a perder, que se rendiam a meu mundo de sombras.

Impressão minha, ou noto uma ponta de ciúme em tua expressão? Então não há de ser apenas horror o que minhas revelações te propiciam. Eu contava com isso, acho que não errei ao escolher-te para minhas confissões. Confio que o horror possa ser o prelúdio para sentimentos mais nobres, não se singra um caminho para o coração sem abrir feridas. Alguma coisa devo ter aprendido, após tantas vivências. Infelizmente, alguns dos sofrimentos que presenciei foram dos mais atrozes. As mulheres que salvei naqueles tempos passaram por provações cem vezes piores do que uma simples dentada. Na manhã seguinte, o fogo as abrasava até os ossos. Elas pareciam mais múmias do que gente quando a expiação dos clérigos terminava. Após mil ave-marias e mil pais-nossos, julgavam-nas mortas, sem suspeitar que na véspera elas haviam dormido sua primeira noite imortal. Algumas horas depois, no mais tardar um par de dias, no conforto de seus aposentos, finalmente percebiam seu equívoco. Descobriam que Deus não impediria a pavorosa visão de uma mulher carbonizada avançando para sua jugular. Não vou negar a satisfação de ver estampado em suas faces um pânico que eles julgavam possível apenas no inferno. Eu gargalhava enquanto eles balançavam frágeis crucifixos em nossa direção. O que pensavam, ao exibir para nós a imagem de um homem espetado, banhado em sangue? Talvez quisessem estimular ainda mais nosso apetite.

Ah, querida, não era eu o maior criminoso daqueles tempos mal iluminados. Eu compreendia o amor melhor do que aqueles falsos homens santos. Com muita ternura, encorajado na lembrança da beleza pela qual foram punidas, minhas carícias se restringiam a um sopro na pele machucada daquelas pobres criaturas. É claro que no caso dos mortais não seria sequer possível uma recuperação como essa, no entanto, eram longos meses que eu aguardava até elas readquirirem o viço que eu apenas vislumbrara. A espera compensava, e juntos saboreávamos os prazeres dos imortais. Tu leste sobre Marie, sobre Teresa, Sofia e Eleonora, sabes quanta entrega havia em nossos pactos malditos. Em nossa juventude imperecível, éramos seres proscritos, mas, apesar de todos os males, sublimes devotos do amor.

Basta de falar das outras, agora só tenho a ti. E quero te dar de presente o que mais cobiças. Tu, que consideras a vida demasiado fugaz, que te confessas diminuída por não atingir a eternidade. Tu me pediste, como um ínfimo consolo, que eu escrevesse sobre ti, em uma frágil tentativa de ser lembrada para sempre. Não me esqueci desse teu pedido. No entanto, não existe garantia alguma de que serei lido nos séculos por vir, então ofereço algo mais vantajoso. Escreveremos nossas histórias, porém o melhor é que posso fazer com que permaneças jovem e saudável por séculos e séculos. Pelo sorriso, acho que começo a te convencer. Tuas mãos me parecem menos trêmulas. Sim, espero até terminares o cigarro.

Compreendes agora por que sempre digo que literatura para mim nada tem a ver com a luta contra a morte? Para quem é como eu, medo da morte é questão superada. Compreendes agora o que eu sempre te disse sobre a poesia? Não é a morte, é a vida que não faz sentido sem um olhar transverso. Esqueça as bobagens sobre vampiros não terem suas imagens refletidas no espelho. A arte que é um espelho oblíquo diante do qual a própria noção de vida se altera e nos assombra. Somente a poesia dos homens poderia me ensinar a amá-los, a ponto de eu trocar uma dieta sanguinária por essa fome constante de belas invenções. Foi acompanhado de Shakespeare, Cervantes, Molière, Goethe, Dostoievski, Michelangelo, Rembrandt, Rubens, Goya, Monet, cujas obras conheci enquanto eram ativos, que comecei a respeitar os homens. Há muito tempo não sou humano, mas diante do que eles criaram, pude me humanizar.

    Não fosse a arte, eu não estaria aqui hoje, abrindo-me com tanta franqueza que sinto que sou eu o vulnerável, por mais que pareça ameaçador. Confesso que me sinto especialmente afortunado por encontrar alguém como tu na minha idade. Para ti também não há de ser nada mau, um homem com mais de quinhentos anos de experiência e aparência de quarenta. Pensas que a crise dos quarenta é dura apenas porque não conheces a crise dos quinhentos. Ainda vais chegar lá. Suspeitavas, em todos esses anos, enquanto me beijavas, estar tão próxima da imortalidade? Sim, já suspeitavas, nada do que eu disse foi novidade completa para ti, só faltava a confirmação. Agora apenas terás de cerrar os olhos e abandonar-te à eternidade. Toma um último gole de vinho, tornará a vertigem um pouco mais suave.

Menino que faz os sonhos foi publicado originalmente no *Projeto Portfólio* do Itaú Cultural, em 2008. *Reabilitação*, no Portal Sesc, em 2008. *Zé Preto* na *Não Funciona*, em 2008. *Emaranhamento*, na *Terra Incógnita*, 2008. *Vladja*, em *Futuro Presente*, pela Editora Record, em 2009. *Esquizoide*, no *Portal Stalker*, em 2009; e *Todos os portais*, pela Terracota, em 2012. *A filha do poeta* saiu no site Germina, em 2009. *Microfonia* em *Rock Book — Contos da era da guitarra*, pela Prumo, em 2011. *Biblos*, na Edição 9 da *Revista Crioula*. Todos os contos passaram por alterações para a presente edição.

Este livro foi composto em fonte E Antiqua e impresso pela
Orgrafic Gráfica e Editora para a Editora Prumo Ltda.